KB012993

소드마스터 힐러님

침략자 퓨전 판타지 장편소설

WISHBOOKS FUSION FANTASY BOOKS

침략자 퓨전 판타지 장편소설

초판 1쇄 찍은 날 | 2019년 2월 1일
초판 1쇄 펴낸 날 | 2019년 2월 13일

지은이 | 침략자
펴낸이 | 예경원

기획 | 위시북스
편집책임 | 이규재
편집 | 위시북스

펴낸곳 | 예원북스
등록번호 | 제396-2012-000132호
등록일자 | 2012. 7. 25
KFN | 제1-367호

주소 | 경기도 고양시 일산동구 호수로 646-24 위너스21II빌딩 206A호 (우)10401
전화 | 031-819-9431 팩스 | 031-817-9432
E-mail | yewonbooks@naver.com

ⓒ침략자, 2019

ISBN 979-11-6424-132-3 04810
      979-11-6424-130-9(set)

Wish
Books

침략자 퓨전 판타지 장편소설

WISHBOOKS FUSION FANTASY BOOKS

소드마스터 힐러님

2

CONTENTS

1장
포식자(2)

자정이 넘은 시각, 규석이 집행부 헌터 2명과 함께 어둠 속에서 모습을 드러냈다.

"감시 카메라는 해결되었다고 합니다."

"병원 경비원들은 어떻게 하죠?"

"조용히 들어가는 게 좋겠지만 들키면 죽여야지."

그들은 은신 능력이 없었다. 감시 카메라는 길드의 해킹 지원으로 해결했지만 경비원의 순찰까지 방해할 수는 없었다.

하지만 길드의 더러운 일을 전문적으로 해온 집행부 헌터들은 잠입의 달인이었다. 그들은 은신 없이도 병원 경비원들의 눈을 피해 암센터 병동에 잠입하는 데 성공했다.

"뭔가 이상한데?"

고요했다. 간호사의 모습조차 보이지 않았다.

"일단 병실을 확인해야 하지 않겠……."

"숙여! 변형!"

기적을 느낀 규석은 경고와 함께 손을 들어 올리며 시동어를 외쳤다. 왼손에 낀 반지가 빛을 내뿜더니 원형 방패가 되었다.

탕!

총성이 울렸지만 비명은 들리지 않았다. 규석의 경고 덕분에 날렵하게 고개를 숙인 덕분이었다.

집행부 헌터는 단검을 던져 반격했다.

"커헉!"

오러 수준은 아니지만 희미한 마력이 담긴 단검은 복도 끝에서 권총을 겨눴던 남자에게 날아가 꽂혔다. 단검은 방탄복을 우습게 찢어버리고 심장에 박혔다.

털썩.

남자는 힘없이 쓰러졌다.

그것은 신호탄이었다. 병실 문이 연이어 열리며 10여 명의 무장한 병력이 쏟아져 나왔다.

"조장님, 소총입니다!"

"민간 군사 기업입니다, 용병을 고용한 모양입니다!"

"당황하지 마라! 파고들어서 난전을 유도해! 섞여들면 쉽게 사격하지 못한다!"

세 사람은 각자 무기를 뽑아 들었다.

어지럽게 날아드는 단검은 용병들이 소총을 조준하기도 전에 목숨을 앗아 갔다. 집행부 헌터들이 날렵하게 파고들어 난전을 유도하자 12명의 용병은 제대로 총 한번 쏴보지 못하고 전멸했다.

훈련받은 용병들도 뛰어난 신체 능력을 가진 헌터들을 상대하는 건 쉽지 않았다. 하지만 이것은 시작에 불과했다.

"또 옵니다!"

다수의 발걸음 소리가 들렸다.

"계단이 점거당한 것 같습니다."

"창문으로 탈출……."

규석이 입을 연 순간 유탄이 창문을 뚫고 날아 들어왔다. 규석은 급히 방패를 들어 올렸고, 다른 헌터 2명도 옆으로 몸을 날렸다. 하지만 한 명이 폭발에 휩쓸려 팔이 날아가고 말았다.

"으아악!"

팔이 날아간 헌터는 피를 흩뿌리며 고통스러워했다.

"미친 새끼들이 도대체 몇 명을 고용한 거야?"

그나마 멀쩡한 헌터 한 명이 욕설을 내뱉었다. 규석은 불길한 마음에 쓰러진 시체들을 확인했다.

'무장기동팀까지 불렀나?'

민간 군사 기업의 마크가 달린 방탄복도 있었지만 헌터 관리국 무장기동대의 제복을 입은 시체도 있었다.

"또 온다!"

기척을 느낀 규석이 경고했다. 닫혀 있던 병실 문이 열리고 4명의 남자가 들어왔다. 그들은 조금 전의 대원들과는 달리 근접 무기를 들고 있었다.

"헌터들이다!"

규석은 경고와 함께 단검을 던졌다.

"컥!"

가장 가까운 곳에 있던 헌터가 쓰러졌다. 하지만 그들도 가만히 있지는 않았다. 팔이 날아간 집행부 헌터를 향해 단검이 날아들었다.

목이 꿰뚫린 집행부 헌터는 비명조차 지르지 못하고 죽었다.

"제기랄!"

규석은 욕설과 함께 근접전을 시도했다. 그가 2명을 죽였지만 마지막 남은 부하 마저 잃고 말았다.

"으아아아!"

"컥!"

규석이 비명에 가까운 기합과 함께 마지막 헌터의 머리를 방패로 강타했다. 충격을 받아 비틀거리는 헌터의 목에 검을 꽂아 넣었다.

"허억……"

숨결이 거칠어진 것이 느껴졌다.

어디서부터 잘못된 것일까?

그는 해답을 찾을 수 없었다.

"제기랄……"

설마 이렇게까지 치밀하게 대비를 했을 줄은 몰랐다.

"이건 거의 군대잖아……"

다시 발걸음 소리가 들려왔다. 복도 끝에서 다섯 명의 무장 기동대원이 나타나 소총을 겨눴다.

오래 생각할 여유가 없었다. 규석은 방패로 몸을 가린 채 창문을 향해 몸을 던졌다. 유리 조각이 몸을 찔렀다. 지상으로 추락한 그는 급히 고개를 들어 주변을 살폈다. 무장한 병력은 보이지 않았다.

그가 안도한 순간, 뒤편에서 전신이 얼어붙을 정도로 차가운 살기가 느껴졌다.

"세상에는 절대로 건드리면 안 되는 게 있어."

"제, 젠장!"

규석은 욕설과 몸을 돌렸다. 성준이 살기 어린 시선을 보내고 있었다. 그는 다급히 방패로 몸을 가렸고 성준도 검을 들어 올렸다.

"오, 오러?"

성준은 방패와 함께 규석의 몸을 두 동강 내버릴 생각이었

다. 어둠 속에서 반짝이는 오러의 빛을 본 규석의 안색이 창백
해졌다.

검이 방패를 강타했지만 반으로 갈라지지 않았다. 자세히
보니 희미한 오러가 방패에도 깃들어 있었다.

'오러 실드?'

오러와 마찬가지로 희귀한 능력이었다. 성준은 눈살을 찌푸
렸다. 현성이 준 규석의 신상 기록지에 없던 정보였다. 아마 2차
각성으로 얻은 능력일 것이다.

A급 헌터들은 신체 활성화가 상당히 진행되었기 때문에 2차
각성으로 새로운 능력을 얻은 경우가 많았다.

"하하하, 이건 예상하지 못했지?"

규석은 상황이 반전되었다고 생각했다. 그는 검끝을 성준의
목을 향해 겨눴다.

"변하는 건 없어."

예상치 못한 오러 실드의 존재에도 불구하고 성준은 당황하
지 않았다. 그는 다시 검을 들어 올렸다.

"소용없……."

규석이 냉소를 머금은 채 검을 내찌르려는 순간이었다.

쾅!

성준의 검이 오러 실드가 씌워진 방패를 강타했다. 번개처
럼 빠르고 천둥처럼 강렬한 일격이었다.

"크, 크윽?"

굉음과 함께 규석의 몸이 아래로 꺼졌다. 충격으로 작은 크레이터가 만들어졌다. 방패를 들고 있는 왼팔에서 아릿한 통증이 전해졌다.

'파, 팔이 부러졌어? 이런 괴물 새끼가!'

그는 경악했다.

하지만 성준의 오른팔도 멀쩡한 건 아니었다. 이상한 방향으로 꺾여 있는 모습을 보니 부러진 게 분명했다.

그 모습을 본 규석은 입꼬리를 끌어 올렸다.

'저 새끼는 오른팔, 나는 왼팔이야……. 내가 이겼다!'

그렇게 생각하며 검을 내찔렀다. 성준은 뒤로 한 걸음 물러나는 것으로 회피했다.

"언제까지 도망칠 수 있다고 생각하냐!"

"도망칠 생각 없다."

성준은 왼손을 들어 올리며 입을 열었다.

"힐."

성준의 부러진 뼈가 빠른 속도로 자기 자리를 되찾았다.

그 모습을 본 규석은 절망을 넘어 허탈한 감정을 느꼈다. 성준의 전투 능력이 너무 뛰어나서 그가 회복계라는 사실을 망각했던 것이다.

"아…… 아니……. 이건……."

어느새 오른팔의 회복을 끝낸 성준을 보며 규석은 쉽게 말을 잇지 못했다.

규석은 자신의 상태를 살폈다. 뼈가 부러졌지만 방패를 사용할 수 있었다. 다만 왼팔의 운동 능력이 저하되는 것은 피할 수 없었다.

콰앙!

"크아아악!"

측면을 노리는 성준의 검격을 막아냈다. 끔찍한 고통과 함께 뼈가 완전히 박살 났다.

'날아갈 뻔했어?'

정신을 바짝 차리고 있지 않았다면 옆으로 날아갔을 것이다. 뒤늦게 기척이 느껴졌다. 창으로 무장한 헌터 한 명이 4명의 무장기동대원과 함께 달려왔다.

그들이 개입하려는 순간, 성준은 손을 들어 올렸다.

"괜찮습니다. 이제 막타만 치면 됩니다."

계산된 행동이었다. 마지막 일격을 가해야 마력을 흡수할 수 있다.

"뭐? 이 새끼가!"

너무나 쉽게 자신의 목숨을 앗아 갈 것이라고 말하는 그 모습에서 규석은 분노했다. 하지만 한편으로는 두려움이 몰려왔다. 성준이라면 정말 자신을 쉽게 죽일 수 있을 것만 같다는 불길한 생각이 들었다.

"끝이다."

성준은 규석의 '마지막'을 선고했다. 스산한 살기가 퍼지자 공포가 규석을 침식했다. 지금까지 수많은 사람을 죽여오면서 단 한 번도 없었던 후회가 고개를 들었다.

'이제 내가 사냥당하는 건가?'

이제 그는 사냥감이었고 눈앞에 있는 성준은 포식자였다. 포식자는 사냥감을 향해 잔혹한 이빨을 드러냈다.

성준의 모습이 사라졌다. 그가 사라졌다는 것을 인식한 순간 뒤에서 기척이 느껴졌다. 규석은 급히 몸을 돌려 방어를 시도했지만 성준이 조금 더 빨랐다.

"커헉!"

칼날이 목을 파고들었다. 규석은 붉은 피를 입 밖으로 쏟아내며 무릎을 꿇었다.

성준은 그의 머리채를 붙잡고 그대로 목을 잘라 버렸다.

"흡수."

-전리품입니까?

리슈발트는 조용히 지켜보고 있다가 전투가 끝나기 무섭게 질문을 던졌다. 성준은 고개를 저었다.

"대악마 길드에 보낼 거야."

-마지막 경고입니까?

"아니, 경고는 충분히 했어. 이건 선전포고다!"

성준은 고용한 용병에게 잘린 머리를 넘겼다.

'몇 년을 용병으로 일했지만 잘린 머리는 처음이군.'

용병은 황당했지만 내색하지 않았다.

어쨌거나 성준은 고용주였고, 던전의 등장과 함께 미쳐 버린 세상에는 이상한 사람이 너무나 많았다.

희생당한 이들의 시체를 수습하는 동안 성준은 벤치에 앉아 휴식을 취했다.

"동조율은?"

-상승했습니다.

"역시 A급 헌터는 훌륭한 동조율 공급원이야."

리슈발트의 보고에 성준은 미소를 지었다.

죄책감은 없었다. 대악마 길드에서 먼저 자신을 죽이려고 했으니까.

"강성준 씨!"

안전한 곳에서 무장기동대의 호위를 받으며 상황을 지켜보고 있던 현성이 달려왔다.

"아버지는 괜찮으시죠?"

"네, 강수혁 씨는 안전한 곳에 계십니다."

"그럼 됐어요. 증거는 충분히 모았습니까?"

"충분하게 모았습니다. 하지만 상부에서 허가해 줄지는 장담할 수 없습니다."

대악마는 악명 높지만 대한민국 30위에 랭크된 대형 길드다. 그들이 무너진다면 여러 면에서 차질이 생긴다. 정규 공략 팀 몇 개가 공중 분해될 것이고 그렇게 되면 마정석 생산량도 줄어들 것이다. 가끔 발생하는 레이드에서도 다른 길드들에 부담이 가중된다.

헌터 관리국과 던전 관리국에서는 이런 상황을 반기지 않을 것이다.

"헌터 관리국에서 먼저 움직이는 건 힘들다는 거죠?"

"아무래도 그럴 것 같습니다. 죄송합니다."

현성은 고개를 숙이며 사과했다.

"그러면 어쩔 수 없네요."

성준은 자리를 털고 일어났다. 길이 막힌 느낌이었지만 다른 길이 없는 것은 아니었다.

"증거 파일, 전부 나한테 주세요."

"설마 인터넷에 올릴 생각이십니까?"

"네."

성준은 입꼬리를 끌어 올렸다. 그동안 대악마 길드는 철저하게 증거를 지워왔다. 혹여 증거가 있더라도 보복이 두려워서 공론화시키지 못한 경우가 대부분이었다.

"이거 터뜨리면 재밌겠죠?"

처음부터 관리국이 움직이지 못한다면 직접 나설 생각을 하고 있었다.

"사회적으로 비난받겠지만 큰 타격은 없을 겁니다. 대악마 소속의 헌터들은 길드의 악명에 대해 알고 있기 때문에 이탈 하는 현상은 거의 없을 겁니다."

현성이 조심스럽게 우려를 표했다. 성준은 고개를 저으며 싸늘한 미소를 머금었다.

"인터넷에 퍼뜨리는 건 제가 확실한 명분을 얻기 위한 사전 작업입니다. 대악마 길드가 대중에게 '악'으로 확실하게 규정된 다면."

성준은 잠시 말을 멈췄다. 최근 그의 행동을 보아온 현성은 다음으로 이어질 말을 어느 정도 예상했다.

"내가 공개적으로 '사냥'할 수 있게 됩니다."

현성의 예상과 일치했다.

그는 성준을 보며 입을 열었다.

"사냥이라면……."

"집행부를 전멸시킬 겁니다. 그리고 매일 시체를 대악마 길 드로 보내서 공포 분위기를 조성할 겁니다. 도움을 요청할 수 도 있겠지만 이미 악으로 규정된 그들을 도와줄 곳은 많지 않 을 겁니다. 오히려 여론은 저를 지지할 겁니다."

성준의 설명에 현성은 고개를 끄덕였다. 일리가 있는 말이었다.

"저는 집행부만 사냥하겠지만, 대악마 길드원들이 사냥당한다는 소문이 돌 겁니다. 그리고 그것으로 충분합니다."

"떠나는 사람들이 생기겠군요."

"충성 계층을 제외한 평범한 길드원들은 길드에 목숨을 걸 이유가 없거든요."

"언제 실행하실 겁니까?"

"일단 인터넷에 퍼뜨리고, 과실이 익으면 시작해야죠."

성준은 냉소를 머금었다.

그를 보며 현성은 마른침을 삼켰다.

'대악마 길드가 진짜 악마를 깨웠어.'

현성은 두려움에 몸을 떨었다.

2장
작전명 몰락

성준과 현성이 모은 증거들이 인터넷에 업로드되었다. 해당 사이트들이 마비될 정도로 접속이 폭주했고 그들의 잔혹한 범행 사실이 적나라하게 드러나면서 모두의 비난이 시작되었다.

헌터들의 커뮤니티 중 가장 규모가 큰 헌터닷컴에도 게시글이 올라갔다. 몇 분 만에 추천이 집중되어 베스트 게시글이 되었다.

대기업의 추악한 비리가 터진 것처럼, 대악마 길드와 관련된 이슈가 하루도 되지 않아서 모든 인터넷 사이트를 점령했다.

[12515 : 그런데 이거 찍은 사람 누구야?]

[15254 : 얼굴이 안 나와서 누군지는 모르겠지만 정말 대단하신 것 같아요.]

[12455 : 카메라 무빙보니까 최소 A급 헌터인 듯.]

[62414 : S급일 수도 있다고 생각함.]

네트워크상에서 대악마 길드만큼이나 성준에 대한 관심도 높아졌다.

[52424 : 누군지는 모르겠지만 대악마 길드 간부들 다 죽였으면 좋겠다.]

[23499 : 맞음. 일반 길드원들은 몰라도 간부들은 다 쓰레기들임.]

댓글들만 봐도 평소 헌터들이 대악마 길드를 어떻게 생각해 왔는지 알 수 있었다.

그들은 그동안 자신들에게 칼날이 향할까 봐 두려웠던 것이었다. 하지만 누군가 포문을 열자 익명의 가면을 빌려서 원한을 쏟아냈다.

"당장 언론 통제해!"

대악마 길드에서는 난리가 났다.

길드장 장석호는 모든 방법을 동원해 언론과 인터넷의 통제를 시도했지만 무리였다.

그들은 입속에 넣은 달콤한 사탕을 포기하지 않았다. 공포의 지배를 펼쳤던 집행부 병력이 큰 타격을 입으면서 대악마 길드의 위상 또한 무너졌다.

"그게, 지금 홍보실의 힘으로는 역부족입니다."

"뭐? 그러면 늘 그랬던 것처럼 집행부를 보내서 협박이라도 하란 말이야!"

석호의 말에 벽 쪽에 서 있던 유진이 고개를 들었다.

"보낼 사람이 없어요. 언론사 중책을 협박하거나 암살하려면 A급 이상의 헌터를 보내야 하는데, 지금 집행부에 A급 헌터는 저랑 이준용 씨밖에 없어요."

"제기랄!"

"지금 집행부의 힘이 약해져 있어요. 길드장님의 안전을 위해서 A급 헌터 2명 정도는 길드 하우스를 지켜야 해요."

대악마 길드는 높은 악명만큼이나 적이 많았다. 집행부의 힘이 약해진 지금, 경쟁 길드에서 공작을 펼칠 수도 있기 때문에 A급 헌터 2명은 길드 하우스에서 24시간 대기해야만 했다.

"아침부터 날벼락이군."

석호는 고개를 저었다.

똑똑!

다급한 노크 소리에 석호는 마음을 가라앉히고 입을 열었다.

"들어와."

문이 열리고 창백한 안색의 길드원 한 명이 급히 안으로 들어왔다. 그는 한 차례 호흡을 가다듬었다.

"뒷문에서 시체가 발견되었습니다."

"누구 시체야?"

"아직 신원은 모르겠지만 저희 길드의 조끼를 입고 있었습니다."

석호는 유진과 시선을 교환했다.

"안내해!"

두 사람은 길드원의 안내를 받아 뒷문으로 걸음을 옮겼다. 복도에서 대기하고 있던 집행부 2명이 합류했다.

"어제 집행부의 활동이 있었나?"

현재 상황에서 가장 유력한 피해자는 집행부 소속의 헌터였다. 그의 물음에 유진은 어두운 표정으로 입을 열었다.

"세라핌 길드의 정찰을 위해 조병민 씨가 행동했어요."

"일단 가보자."

뒷문에 도착했다. 이미 소식을 들은 길드원들이 시체 주위에 모여 있었다. 동행한 집행부 2명이 길을 열었다.

"머리가 없네요."

시체는 머리가 없었다. 유진은 차분하게 시체의 몸을 뒤져서 주민등록증을 찾아냈다.

"조병민 씨가 맞아요."

머리는 그날 정오가 지나서 택배로 도착했다.

이틀 동안 4명을 죽였다. 모두 대악마 길드의 집행부 소속이었다.

"리슈발트, 동조율은?"

-10%입니다.

B급 헌터 4명을 잡으면서 1% 정도가 올라서 10%가 되었다. 겉으로 크게 달라진 것은 없어 보였지만 뒷산에서 테스트해 본 결과, 신체 능력이 눈에 띄게 좋아진 것을 확인할 수 있었다.

"혹시 내가 새로 익힌 능력 같은 거 있어?"

-주군의 기억과 동조 중입니다.

리슈발트는 성준의 신체에 접속했다. 5분 정도의 탐색 시간이 끝나자 그는 차분한 표정으로 입을 열었다.

-살기를 더욱 자유롭게 다룰 수 있게 되셨습니다. 이제 약한 적은 살기만으로 제압할 수 있습니다.

"편해지겠네."

-그리고 저의 독자적인 행동이 가능해졌습니다.

"잘됐네."

살기로 적을 제압할 수 있다면 던전 공략은 물론이고 당분간 계속될 '사냥'에서도 유용하게 사용할 수 있을 것이다.

"약한 적한테만 쓸 수 있나?"

성준의 물음에 리슈발트는 고개를 저었다.

-동급이나 강한 적에게도 사용할 수 있겠지만 제압의 효과는 기대하기 힘들 겁니다. 잠깐 행동을 저지하는 것 정도는 가능하겠군요.

"그 정도면 충분해."

성준은 입꼬리를 끌어 올린 채 고개를 끄덕였다. 전투에서는 짧은 순간에 모든 것을 앗아 갈 수 있다.

"각성 던전은 언제 들어갈 수 있어?"

-동조율 15% 정도가 되면 진입할 수 있습니다.

아직 5%가 남았다.

게임 캐릭터를 키우는 기분이 이럴까?

성준은 15%가 되면 또 어떤 능력이 개방될지 기대를 품었다. 그는 기쁜 마음으로 사냥을 계속했다.

"동조율은?"

-아직 11%가 되지 않았습니다.

대악마 길드 집행부 소속의 헌터를 살해할 때마다 리슈발트에게 동조율을 묻는 건 일상이 되었다.

같은 사람을 죽이는 것에 죄책감이 들지 않냐고 묻는 사람도 있겠지만 성준은 전혀 그렇지 않다고 단호하게 고개를 저을 수 있었다.

전생의 기억과의 동조율이 점점 높아지면서 먼저 공격한 적에 대해서는 소름 끼칠 정도로 냉정했다.

"이제 11명 남았네."

본격적인 사냥이 시작되고 일주일이 지났다. 대악마 길드 집행부에는 B급 헌터가 11명밖에 남지 않았다. 사냥이 이루어진 다음 날에는 어김없이 머리가 없는 시체가 대악마 길드 하우스에 배송되었다.

인터넷에서는 대악마 길드에 대한 비난이 뜨거웠고 집행부의 희생이 늘어날수록 길드 내에 불안감은 확산되었다.

"대악마의 일반 길드원들이 탈퇴하기 시작했습니다."

이른 아침, 성준을 찾아온 현성은 대악마 길드의 상황을 알려왔다.

"조금 빠르네요."

성준은 냉소했다. 사냥이 시작되었을 때부터 일반 길드원들의 이탈은 예정되어 있었다.

같은 길드원들이 연이어 죽임을 당하니…… 도망치는 것이다. 그들은 집행부와 같은 충성 계층이 아니라서 길드 일에 목숨을 걸 생각이 없었다.

"인터넷에서도 난리고 길드 분위기도 흉흉하니까 탈퇴하는 것 같습니다."

성준과 현성이 놓은 불씨는 산불이 되었다.

"몰락도 얼마 남지 않았네요."

"곧 무너질 겁니다. 상부도 움직이고 있습니다."

처음에는 소극적이었던 헌터 관리국도 대악마 길드가 휘청이자 공세에 가담했다.

"아버지 경호 문제는 어때요? 잘하고 계시죠?"

"관리국 소속의 헌터 3명이 무장기동대 2개 분대와 함께 안전가옥에서 경호하고 있습니다. 이 정도면 국가 장관급 경호입니다."

"맡기겠습니다."

"최선을 다하겠습니다."

현성과 대화를 끝낸 성준은 커피를 하나 테이크 아웃해서 집으로 돌아갔다.

빌라 현관에 익숙한 뒷모습이 보였다. 성준은 빌라 앞을 서성이는 이가 누구인지 곧 알아보았다.

'대악마 길드 영입과장 강병진.'

그는 일부러 기척을 내며 다가갔다.

"무슨 일로 왔습니까?"

일단은 존대하고 있었지만 말투에 날카로운 칼날이 들어 있었다. 그것을 느낀 것인지 병진은 긴장한 표정으로 입을 열었다.

"잠깐 시간 괜찮으십니까?"

"잠깐이라면 괜찮겠네요. 무슨 개소리를 할지 저도 궁금하니까 일단 들어보죠."

성준은 말을 마치며 커피를 한 모금 마셨다.

"길드의 뜻을 전하러 왔습니다."

"말해보세요."

"길드는 강성준 씨와 휴전의 뜻이 있습니다."

"개소리하지 말고 닥쳐라."

성준의 말이 짧아졌다.

목소리는 차가웠고 살기가 묻어 나왔다. 살기는 희미했지만 병진은 생명의 위험을 느낄 정도였다.

다리가 떨렸다.

"저희 측 과실을 인정하고 수습에 노력하고 있습니다. 휴전에 응해주신다면 보상하겠습니다."

성준은 대답 대신 마시고 있던 아이스커피를 병진에게 뿌렸다. 병진은 당황했지만 가만히 있을 수밖에 없었다.

지금은 성준이 '갑'이었다. 30위에 랭크된 거대 길드의 존망이 그의 혀끝에 달려 있었다.

"저질러 놓고 사과만 하면 끝이야? 바로 잡고 싶으면 방금 뿌린 커피부터 주워 담아줄래? 그러면 노력한다는 거 인정할게."

병진은 대답하지 못했다. 불가능한 일이었다.

"아니면 다른 방법도 있는데……"

"말씀해 주시면 최대한 반영하도록 노력하겠습니다."

병진은 절실한 목소리로 말했다. 성준이 멈추지 않는다면 대악마 길드는 '파멸'할 것이다.

"집행부 전원 참수."

전생의 기억 탓일까? 참수라는 단어가 익숙했다.

"무, 무슨……!"

병진은 당황했다. 집행부 인원이 전멸하면 당장 성준의 일은 해결하더라도 경쟁 길드의 공작을 버텨낼 수 없다.

"싫으면 가라."

"강성준 씨! 저랑 다시 이야기를……!"

"죽고 싶지 않으면 꺼져."

성준이 살기를 개방했다. 리슈발트가 설명한 대로 살기를 운용하여 병진을 압박했다.

"허억!"

목을 조르는 듯한 살기에 병진은 숨을 쉴 수 없었다.

털썩!

병진은 다리에 힘이 풀려 주저앉았다. 움직일 수 없었다. 잠깐이지만 죽음이 스쳐 지나갔다.

창백한 얼굴로 사시나무처럼 떨던 그는 고개를 뒤로 젖히며 쓰러져 기절하고 말았다.

-기절했습니다.

리슈발트가 병진의 상태를 보고했다.

"생각보다 효과가 좋네."

일반인이 기절할 정도면 헌터나 마물에게도 어느 정도 효과를 보일 것 같았다. 성준은 혼잣말과 함께 자신의 원룸으로 들어갔다.

"길드장님이 비밀리에 강병진 과장을 보내서 교섭을 시도했다고 합니다."

규석이 병원 습격에서 목숨을 잃은 뒤 그를 대신해 집행부장 한유진의 오른팔이 된 A급 헌터, 이준용이 그녀가 잠시 자리를 비운 사이 길드의 움직임을 보고했다.

"실패했죠?"

"잘 아시네요."

"뻔하죠. 돈 몇 푼에 그만둘 사람이었으면 시작하지도 않았을 거예요."

유진은 고개를 저었다.

"그나저나 우리 길드장님도 큰일이에요. 옛날이랑 달리 나이를 먹으셔서 그런지 소심해졌어요."

유진은 패왕 그 자체였던 길드장의 과거 모습을 떠올리며

미소 지었다. 하지만 그는 어째선지 이번에 유상규가 당하고
난 뒤로 소극적인 모습을 보였었다.

"상규 형님은 집행부의 실력자 아니었습니까? 어쩌면 갈등이
심화되면서 경쟁 길드의 개입을 우려하셨을 수도 있습니다."

"그럴 수도 있죠. 하지만 나는 마음에 안 들어요."

"계획이 있으십니까?"

"미행을 붙여야죠. 함정도 파고…… 그리고 전력을 집결시
켜서 죽여야 해요."

유진은 자신의 계획을 간략하게 설명했다.

"직접 나설 생각이십니까?"

"다른 방법이 있나요?"

준용은 고개를 저었다.

A급 마법계 헌터인 그녀가 빠지면 전력에 공백이 생긴다.

"함정을 준비하세요. 우리는 일주일 안에 강성준을 죽일 거예요."

"길드장님의 승인은……."

"필요 없어요. 뒷일은 내가 책임지겠어요."

유진의 대답에 준용은 고개를 끄덕였다. 그들은 계획을 세
우기 시작했다. 창밖에서 그들을 지켜보는 시선이 있는 줄은
꿈에도 모른 채.

"수고했다, 리슈발트."

성준의 말에 리슈발트는 고개를 끄덕였다. 창밖에서 유진과 준용의 대화를 엿듣고 있던 자는 리슈발트였다.

그는 물리력을 행사할 수 없는 유령이었지만 성준의 전생 동조율이 10%가 되면서 마력 공급 없이 일정 시간을 자유롭게 행동할 수 있게 되었다. 그 시간이 길지는 않았지만 척후병 역할을 수행하기에는 충분했다.

-마땅히 해야 할 일을 했을 뿐입니다.

리슈발트의 목소리에서 기쁜 마음이 묻어 나왔다.

성준이 목숨을 걸고 싸울 때마다 유령의 몸인 탓에 돕지 못해서 괴로웠었다. 그런데 오늘 처음으로 도움이 되었으니 기쁠 수밖에.

성준은 현성에게 전화를 걸어서 이 사실을 알렸다.

-무장기동대를 요청할까요? 상부에서 적극적으로 대응하고 있어서 저번보다 더 많은 인원을 동원할 수 있을 것 같습니다.

개인화기와 방탄복, 그리고 지원화기 등을 갖춘 무장기동대는 현대에서 그나마 헌터를 상대할 수 있는 몇 안 되는 집단 중 하나였다. 물론, 헌터의 신체 능력이 워낙 우월해서 총기를 사용한다고 해도 대헌터전이 발생하면 무장기동대는 늘 많은 피해를 입었다.

"보내주시면 감사하죠. 그런데 개입할 필요는 없을 것 같습니다. 도망치지 못하게 포위만 유지해 주세요."

사냥감을 뺏기기 싫다는 포식자의 본능이었다. 무장기동대가 과하게 개입하면 마력을 흡수할 헌터의 수가 줄어들게 된다. 그리고 성준은 무장기동대의 도움이 없어도 대악마 길드 집행부를 박살 낼 자신이 있었다.

'여러 명을 상대하는 건 자신 있어.'

그리고 며칠의 시간이 흘렀다. 계획을 준비하는 동안에도 대악마 길드 집행부는 성준에게 B급 헌터 3명을 더 잃었다.

이제 A급 헌터 2명, 그리고 B급 헌터가 8명 남았다.

"계획을 실행해야겠어요."

매일 집행부 헌터들의 시체가 배달되는 상황이었다. 대악마 길드의 집행부장 한유진은 더 이상 지체할 수 없다는 것을 깨달았다.

"실행합니다."

그녀의 지휘하에 집행부가 움직였다.

한유진이 직접 나섰다. 길드 하우스를 위해 최소한의 집행부 헌터는 남겨둬야 했지만 그녀는 전원을 동원했다.

그날 밤, 성준은 어김없이 '사냥'을 위해 집을 나섰다. 목표의 집 앞에서 10분 정도 기다리자 집행부 소속의 헌터가 나왔다. 성준은 그의 뒤를 밟았다.

-은신을 사용하지 않으십니까?

리슈발트가 물었다. 헌터 관리국에서 대여해 준 은신 아이템이 아직 성준의 손가락에 끼워져 있었다.

"미행이 있다. 함정에 넘어가는 척은 해줄 생각이야."

성준의 입가에 싸늘한 미소가 번졌다. 그는 계속해서 목표의 뒤를 밟았다.

'미행은 둘인가……?'

미행자는 두 명인 것 같았다. 그들은 기척을 지우는 기술이 뛰어났지만 성준을 속이지 못했다. 동조율이 높아지면서 강화된 그의 기척 감지 능력은 A급 헌터 중에서도 상위권과 견줄 수 있을 정도로 예리했다.

'불안해하고 있다.'

넓은 공원에 도착했다. 앞서가던 헌터의 걸음에 불안한 기색이 역력했다. 성준은 '함정'이 얼마 남지 않았다는 것을 깨달았다.

"리슈발트, 저번에 말했던 장소가 이 근처였나?"

성준이 미행자들에게 들리지 않을 정도로 작은 목소리로 물었다. 리슈발트는 얼마 전에 유진과 준용의 대화를 엿듣고 보고했었다.

-이 근처가 확실합니다.

"정찰, 할 수 있지?"

-물론입니다.

리슈발트는 고개를 숙이며 대답한 뒤 정찰 행동에 나섰다. 성준은 메시지를 이용해 현재 상황을 현성에게 알렸다.

[무장기동대와 관리국 헌터들을 보내겠습니다.]

[가능하면 개입하지는 마세요. 제가 다 죽일 겁니다.]

[전달해 두겠습니다.]

메시지 대화가 끝나자 리슈발트도 귀환했다.

-공원 주변에 집행부로 보이는 헌터들이 깔려 있습니다. 남은 인원을 총동원한 것 같습니다.

"간격은 얼마나 떨어져 있지?"

-가까운 편은 아닙니다. 은밀하게 행동하면 각개격파가 가능할 것 같습니다.

리슈발트의 보고에 성준은 고개를 끄덕였다.

"은신."

시동어를 내뱉으며 아이템을 사용했다. 성준의 모습이 갑자기 사라지자 미행하고 있던 헌터들이 당황했다.

"뭐야, 어디 갔어?"

"은신 아이템 쓴 것 같은…… 커헉!"

그는 말을 끝까지 잇지 못했다. 뭔가가 흉부를 뚫고 튀어나왔기 때문이다.

사람의 몸과 충돌하면서 은신이 풀렸다.

현성이 자세히 설명하지 않았지만, 물체와 충돌하는 것 또한 은신 해제의 조건이었다.

은신이 해제되면서 흉부를 꿰뚫은 것의 정체가 드러냈다.

성준의 검, '로엘'이었다.

"비상 상…… 컥!"

무전기를 들어 올리며 급히 상황을 보고하려던 헌터의 목에 성준이 던진 단검이 꽂혔다. 동조율 10%가 되면서 전생의 기억 일부를 추가로 깨우친 그는 완벽한 살인 기계였다.

전생의 기억은 어떻게 하면 상대를 확실하게 죽일 수 있는지 전수했고, 쓸모없는 죄책감을 앗아 갔다. 기억이 동조되면서 자리 잡은 이계의 사고는 피의 복수를 갈망했다.

-훌륭한 연격이었습니다.

리슈발트가 감탄했다. 시간이 지날수록 과거에 그가 모셨던 주군의 진정한 모습이 드러나고 있었다.

"다음 적한테 안내해."

-알겠습니다.

다시 은신하자 리슈발트는 성준을 가장 가까운 곳에 매복한 집행부 헌터에게 안내했다.

집행부 헌터는 아무것도 모른 채 어둠 속에 숨어서 전방을 주시하고 있었다. 성준은 그의 입을 막고 목에 단검을 꽂았다.

"큽!"

양손이 피로 물들었다. 은신이 풀렸지만 주변에는 아무도 없었다.

'앞으로 4명.'

미끼를 제외하고 미행자 둘과 한 명을 추가로 죽였으니 매복한 헌터는 B급만 4명 남았다.

-아직 적들은 눈치채지 못했습니다.

리슈발트가 보고했다.

성준이 B급 헌터 2명을 더 죽인 뒤에서야 유진과 준용이 이변을 눈치채고 움직였다.

"미행을 맡은 헌터를 포함해 몇 명의 연락이 두절되었습니다."

"다 죽었다고 생각하세요."

유진은 이를 악물었다.

'강성준…… 우리 머리 위에서 놀고 있다 이거지……?'

유진이 스태프를 들어 올렸다. 환한 빛무리가 하늘로 쏘아져 어둠을 밝혔다. 집결 신호였다.

"집행부장님……."

"저희가 전부입니다."

B급 헌터 두 명이 모여들었다. 어느 정도 예상하고 있었지만 남은 인원을 파악하자 절망감에 눈앞이 캄캄해졌다. 불과 얼마 전만 해도 A급 헌터 4명에 B급 헌터 20명이 소속되어 있었던 막강한 집행부에는 이제 A급 헌터 2명과 B급 헌터 2명만이 남았다.

그 누구라도 마음만 먹으면 위협하고 암살할 수 있었던 위용도 이제는 과거의 영광이었다.

"탐색 마법도 반응이 없어요. 함정을 팠지만 당한 건 우리인 것 같네요."

유진이 말했다.

준용은 장검을 뽑아 들며 주변을 살폈다.

"충돌이 있으면 은신은 해제된다. 다들 알고 있지? 공격이 성공하면 은신이 해제된다는 소리야. 다들 집중해."

유진과 준용은 정신을 집중했다.

은신을 사용하더라도 희미한 기척이 남았다. 하지만 유감스럽게도 수십 년간 전장을 누빈 기억 속에 그 희미한 기척마저 지우는 방법이 있었다.

"제기랄!"

"기척이 전혀 느껴지지 않아요!"

B급 헌터 둘이 불안에 떨었다. 그들은 유진과 준용에 비해 약하고 방어 태세가 부족한 자신들이 먼저 노려질 거라는 사

실을 너무나 잘 알고 있었다.

'은신 스킬을 사용했다고는 하지만 기척이 전혀 없어. 암살 훈련도 받은 건가……?'

어쩌면 유상규보다 뛰어날지도 모른다. 준용은 보이지 않는 성준을 그렇게 평가했다.

'A급을 먼저 쳐야겠어.'

한편, 성준은 멀지 않은 곳에서 은신이라는 이름의 장막 속에 숨어 그들을 주시했다. 성준이 발걸음을 옮겼다.

처음은 천천히, 하지만 곧 빠르게 거리를 좁혔다.

"커헉!"

성준의 검이 준용의 복부를 관통했다. 심장을 노렸지만 찌르기 직전에 준용이 눈치채고 뒤로 물러난 탓에 복부를 찌를 수밖에 없었다.

은신이 해제되자 집행부 헌터들도 공격을 시작했다.

"왔다!"

준용의 옆에 있던 집행부 헌터가 목을 노리고 창을 내찔렀다. 성준은 대응하기 위해 준용의 몸에서 검을 뽑으려 했지만 준용은 복부를 꿰뚫은 검신을 붙잡고 놓아주지 않았다.

하지만 성준은 당황하지 않았다. 창을 피한 뒤 창대를 붙잡고 잡아당겼다.

"어?"

창을 꽉 붙잡고 있던 집행부 헌터도 함께 딸려 왔다. 성준은 그를 발로 찼다.

"커헉!"

복부를 가격당한 그는 창을 놓치고 뒷걸음쳤다. 성준은 빼앗은 창을 한 바퀴 돌려서 적을 향해 끝을 겨눴다. 그리고 찔렀다.

"컥!"

동시에 성준은 단검을 뽑아 준용의 목을 쳤다. 오러가 깃든 검에 잘린 머리가 차가운 바닥에 뒹굴었다.

준용의 숨이 끊어지자 검신을 잡고 있는 손에 힘이 풀렸다. 성준은 그 틈을 놓치지 않고 검을 뽑아서 자신을 노리는 다른 집행부 헌터의 두 팔을 자르고 목을 찔렀다.

대인전 경험이 풍부한 이들이었지만 성준이 전생에서 완성한 고도의 실전검에는 대응하지 못했다.

"끄아아아악!"

"흡수!"

-동조율 12%입니다!

혼란스러운 와중에도 리슈발트의 목소리를 똑똑히 들을 수 있었다.

이제 남은 헌터는 집행부장, 한유진뿐이었다. 성준이 그녀를 향해 몸을 돌렸을 땐 이미 캐스팅이 끝나고 강대한 마력이 휘몰아치고 있었다.

'마법계!'

거대한 불덩이가 성준을 향해 쇄도했다. 다급한 상황이었지만 그는 침착하게 기억을 더듬었다.

그리고 떠올렸다, 마법을 베는 검술을.

'파마검'이라는 이름이 기억의 늪에서 떠올랐다. 성준은 침착하게 검을 들어 올렸다. 날아오는 화염구에서 마력의 흐름을 엿볼 수 있었다.

그리고 또다시 기억이 살아났다.

'제자야, 이제 네 눈으로도 마력의 흐름을 엿볼 수 있을 거다. 오러가 활성화된 상태에서 그 흐름을 따라 검을 휘두르면, 너도 마법을 벨 수 있다.'

누군가를 가르치는 듯한 로우켈의 목소리가 환청처럼 들렸다.

그는 오러가 깃든 검을 들고 하늘로 뛰어올랐다. 그리고 거대한 화염구에 보이는 마력의 흐름을 따라 검을 휘둘렀다.

"이, 이럴 수가!"

유진은 경악했다.

충돌한다면 웬만한 폭탄보다 강한 위력을 내는 화염구였다. 그런데 성준의 칼날에 닿은 순간 반으로 갈라지더니 허무하게 흩어졌다.

"파이어 캐논!"

콰아앙!

재빠르게 외친 시동어와 함께 완성된 강력한 마법이 전방 일대를 초토화시켰다. 하지만 그곳에 성준은 없었다.

"어디, 어디 간 거야!"

불안한 시선이 주변을 훑었지만 보이는 것은 쓰러진 부하들의 시체뿐이었고 성준의 모습은 찾을 수 없었다.

성준은 다시 은신을 발동한 채 어둠 속에서 유진을 주시하고 있었다.

공포 분위기가 고조되었다. 목을 노리는 칼날이 점차 가까워지는 듯한 느낌은 유진조차 긴장하게 만들었다.

"파이어 웨이브!"

그녀는 스태프를 휘둘러 사방에 화염을 흩뿌렸다. 공원이 불바다가 되었다.

'이건 좀 위험한데……?'

성준도 몸을 피했다.

'나쁘진 않아.'

마법계 헌터들은 대부분 탐색이나 탐지와 관련된 마법을 다룰 수 있지만 은신을 잡아낼 정도로 수준이 높은 경우는 거의 없었다.

원래 유진의 탐색 마법은 은신한 적의 미약한 기척을 잡아낼 수 있을 정도였지만 조금의 기척마저 완벽하게 지운 성준을 탐색하는 것은 무리였다.

'모르겠어, 마법에도 반응하지 않아.'

유진의 눈동자가 떨렸다. 성준의 존재를 찾을 수가 없었다. 이대로라면 남은 마력이 버티지 못할 것이다.

불안해하던 그녀는 별안간 마법을 멈췄다.

'내가 만약 강성준이라면…… 뒤가 아닌 정면을 노린다!'

수십 회에 걸친 대인전 경험은 장식이 아니었다. 하지만 그녀는 성준의 경험이 더욱 풍부하다는 것을 모르고 있었다.

'정면을 노릴 거라 생각했네.'

성준은 입꼬리를 끌어 올렸다. 그렇다고 해서 후방과 측면에 대한 경계가 허술한 것도 아니었다.

-마법 함정의 존재가 느껴집니다. 공격 마법을 캐스팅하면서 아주 교묘하게 설치했습니다.

성준은 대답할 수 없었다. 목소리를 내는 순간 은신이 풀릴 것이다.

-얌전히 목을 내밀어 참수당할 것이지, 감히 주군을 귀찮게 하다니!

리슈발트는 검을 뽑아 허공에 휘둘렀다.

'정면에서 함정을 박살 내주마!'

성준은 말없이 단검을 던졌다. 은신이 풀리지는 않았지만 성준의 손을 떠난 단검은 어둠 속에서 모습을 드러냈다.

"윈드 커터!"

유진은 준비하고 있던 마법을 시전했다. 바람의 칼날에 맞은 단검이 허공으로 솟구쳤다. 성준은 정면으로 파고들었다.

갑자기 과한 움직임을 보이느라 조금 드러난 기척을 유진은 감지했지만, 조금 전에 윈드 커터를 사용한 바람에 강한 마법을 캐스팅할 수 없었다.

"파이어볼!"

결국 그녀가 선택한 마법은 그녀가 사용할 수 있는 것 중 비교적 위력이 약한 파이어볼이었다. 하지만 성준의 파마검에 힘없이 흩어졌다.

"끝이다!"

파이어볼을 베어버리면서 신형이 드러났지만, 그는 자신만만하게 외치며 유진을 향해 쇄도했다.

"너야말로 끝이야! 파이어 블레이드!"

스태프 끝에 불의 칼날이 맺혔다. 그녀는 화려한 움직임으로 성준의 칼날을 피하고는 왼쪽 다리에 깊은 상처를 입혔다.

"힐!"

"독한 새끼!"

하지만 성준은 신음조차 흘리지 않고 뒤로 물러나 상처를 회복했다. 그리고 다시 전진하며 검을 휘둘렀다. 유진은 욕설을 내뱉으며 스태프를 들어 올렸다.

마력으로 구성된 불의 칼날은 오러를 힘겹게 막아냈다.

"마법계치고는 근접전 좀 해본 모양인데……."

성준은 검을 고쳐 잡았다.

"헛수고다."

"그건 봐야……."

말을 끝까지 들을 필요도 없었다. 그는 섬광 베기를 사용했다. 반짝이는 섬광처럼 일순간 휘둘러진 칼날이 그녀의 가슴 깊이 파고들었다.

"쿠, 쿨럭!"

그녀는 붉은 피를 토하며 쓰러졌다. 동조율 12%가 된 그를 상대하기엔 이제 A급 헌터도 많이 부족했다.

-주군, 훌륭한 솜씨입니다. 점점 과거의 영광을 되찾으시는 것 같아서 기쁩니다!

리슈발트가 감탄했다.

성준은 이마에 맺힌 땀을 닦아내며 입을 열었다.

"이거 아이템이겠지?"

성준은 스태프를 가리켰다.

-마도구, 그러니까…… 아이템이 분명합니다. 강한 마력이 느껴집니다.

성준은 계측기를 꺼내 스태프에 가져다 댔다.

[불꽃 낙인.]

A급.

화염 마법 강화 효과 확인.

캐스팅 가속 효과 확인.

부르는 게 값이라는 A급 아이템이었다. 성준의 입가에 미소가 번졌다.

"새로운 아이템은 언제든지 환영이지."

전투가 끝나자 헌터 관리국이 보낸 사람들이 공원을 정리하고 시체들을 수습했다. 성준은 리슈발트를 보며 입을 열었다.

"동조율은?"

-여전히 12%입니다.

"3%만 더 올리면 사성 년선에 들어갈 수 있겠네?"

성준의 물음에 리슈발트는 고개를 끄덕였다.

-그렇습니다. 2차 관문에 도전할 수 있습니다.

"그래, 나중에 자세히 이야기하자."

성준은 멀리서 현성이 달려오는 것을 보고는 리슈발트와의 대화를 중단했다.

"허억, 허억."

현성은 거칠어진 호흡을 정돈한 뒤 입을 열었다.

"정말 고생 많으셨습니다. 설마 상위권 길드의 집행부를 혼자서 박살 낼 거라곤 전혀 예상하지 못했습니다."

현성을 포함해 성준을 지원한 헌터 관리국의 그 누구도 대악마 길드 집행부가 무너질 줄은 예상하지 못했다.

그들은 대악마 길드 집행부가 휴전 교섭을 진행할 거라고 생각했었다. 휴전 교섭을 위한 사자가 파견될 때까지만 해도 예상대로였지만, 성준은 그 자리에서 거절해 버렸다.

"아이템이 꽤 많은데 잠깐 맡아줄 수 있습니까?"

이번 전투에서 주인을 잃은 아이템 몇 개가 있었다. 그리고 그것들은 당연히 성준에게 소유권이 있었다.

"어디 가십니까?"

"친위대를 전멸시켰으니 대장 목을 따러 가야죠."

길드장을 죽여서 후환을 예방할 생각이었다. 집행부가 전멸한 지금, 석호가 동원할 수 있는 무력 집단은 없었다. 일반 길드원들은 석호를 위해 목숨을 바치지 않을 것이다.

"실은, 대악마 길드장이 조금 전에 살해당했습니다."

"죽었어요?"

"네, 길드 하우스에서 숨진 채 발견되었습니다. 집행부 전원이 자리를 비운 틈에 벼르고 있던 세력이 암살 부대를 보낸 것 같습니다."

현성의 말에 성준은 눈살을 찌푸렸다.

'감히 내 먹잇감을 가로채?'

처음에는 합법적으로 A급 헌터의 마력을 흡수할 기회를 뺏겨서 분한 마음이 들었지만 이내 고개를 저었다. 일반 길드원들이 석호를 위해 목숨을 바치지는 않겠지만, 길드 하우스를 공격하면 생명의 위험을 느끼고 수비에 가담하는 이들이 생길 수도 있다. 그렇게 되면 일이 귀찮아지는 것은 피할 수 없다.

"혹시 화나셨습니까?"

현성이 조심스럽게 물었다.

혹여나 성준이 화가 났을까 봐 현성은 불안했다. 그는 오늘 멀리서나마 그의 전투를 지켜볼 수 있었는데 일반인이라서 자세한 건 알 수 없었지만, 집행부 헌터들이 허무하게 쓰러지는 모습을 보며 한 가지는 깨달았다.

'적어도 A급 이상의 실력자다!'

A급 헌터는 흔하지 않다. 관리국에서 만약의 상황에 대비해 등용해 둔 A급 헌터들의 수도 많지 않은 편이었다.

'최대한 잘 보여야 해.'

A급 헌터의 호감을 사면 언젠가는 도움이 된다는 것을 현성은 그동안의 사회 경험으로 알고 있었다.

"화는 안 났습니다."

"후우! 다행이네요!"

화가 나지 않았다는 성준의 말에 현성은 안도했다.

"아이템 매각할 건데, 옮기는 거 도와줄 거죠?"

던전 관리국은 아이템 매각 업무도 수행하며 24시간 운영되고 있다.

"물론입니다. 당연히 도와드려야죠."

현성이 손짓을 하자 조금 전까지 그를 보조했던 직원 3명이 달려와 근처 차량에 아이템들을 실었다.

"늘 감사하고 있습니다."

"당연히 저희가 해야 할 일입니다!"

현성은 미소와 함께 대답했다. 성준은 고개를 끄덕인 뒤, 아이템이 실린 승합차에 올라탔다.

"출발하겠습니다."

승합차는 아이템 매각을 위해 던전 관리국으로 향했다. 성준은 직원들의 도움을 받아서 아이템을 매각했다. 성준의 계좌로 50억 원이라는 거금이 입금되었다.

'역시 A급 아이템은 달라.'

예상대로 A급 아이템인 스태프가 45억 원이라는 거금에 매각되었다. A급 아이템은 부르는 게 값이라는 이야기를 들었지만, 이 정도로 비싸게 팔릴 줄은 몰랐기 때문에 성준도 놀랐다.

"뒤처리는 저희가 하겠습니다."

현성이 말했다.

던전과 레이드가 성행하는 시대였지만 누군가 죽는 일에 연류되면 뒷수습이 귀찮아지는 건 당연했다.

"고마워요."

성준은 현성의 배려에 미소를 지어 보인 뒤, 헌터 관리국에서 제공한 차를 타고 집으로 돌아갔다.

"돈도 충분히 모였는데 이사를 가도 되지 않을까?"

집에 도착한 성준은 좁은 원룸의 천장을 올려다보며 중얼거렸다. 혼잣말 같았지만, 그의 곁에는 리슈발트가 있었다.

-주군께선 조금 더 스스로에게 베풀 필요가 있습니다.

리슈발트의 말에 성준은 고개를 끄덕였다. 그동안 바쁘게 달려오느라 자신에게 너무 소홀했다.

수혁의 상태가 호전되고 있으니 역세권에 넓은 오피스텔을 구하는 것도 괜찮을 것 같았다. 성준은 부동산에 예약 전화를 걸었다.

그리고 다음 날 오피스텔 몇 곳들 둘러 본 끝에 역세권의 45평 오피스텔을 10억에 전세로 계약했다.

-주군께서 과거에 지내셨던 저택만큼은 아니지만, 이 정도면 훌륭하다고 생각합니다.

"나도 그렇게 생각해."

전생에 머물렀던 저택에 대한 기억은 희미했지만, 성준은 고개를 끄덕였다. 그러다 문득 호기심이 들어서 기억을 더듬었다. 높아진 동조율 덕분에 그는 곧 전생의 기억 일부를 떠올릴 수 있었다.

"큭!"

그리고 미약한 두통과 함께 전생의 기억이 찾아왔다.

거대한 저택을 포위한 기사들.

전생의 로우켈, 성준은 검과 갑옷으로 무장한 채 포위를 돌파했다. 그리고 그의 앞에 나타난 것은 무장한 마물 군대였다.

기억의 물결은 갑작스럽게 찾아왔다가 홀연히 사라졌다.

-주군! 괜찮으십니까?

성준의 몸이 휘청이자 리슈발트가 걱정스러운 시선을 보내며 물었다. 유령이라서 그를 부축할 수 없는 게 한이었다.

"괜찮아."

성준은 차분한 목소리로 대답했다. 그는 근처 벤치에 앉아 바닥을 내려다보며 입을 열었다.

"혹시 배신자들이 마물 군대와 손을 잡았어?"

아주 작은 목소리였지만 리슈발트에겐 들릴 정도였다.

-기억이 정확하진 않습니다. 동조율이 조금 더 올라가야 확

답을 드릴 수 있을 것 같습니다. 죄송합니다.

리슈발트는 고개를 숙였다.

"결론은 동조율을 올려야 한다는 거네⋯⋯."

-그렇습니다.

리슈발트의 대답에 성준은 솔플 일정을 잡기 위해 택시를 타고 헌터 관리국으로 갔다. 솔플 일정을 잡기 위해 걸음을 옮기던 그는 벨소리를 듣고 스마트폰 화면을 확인했다.

현성이었다.

"여보세요?"

-강성준 씨, 지금 어디십니까?

"던전 관리국입니다."

-제가 그쪽으로 가겠습니다!

"무슨 일 있어요?"

-가서 알려드리겠습니다!

통화가 끝나고 성준은 혹시나 하는 마음에 헌터닷컴에 접속했다. 대악마 길드 해산과 관련된 내용의 베스트 게시글이 가득했다.

길드장이 암살 당하고 집행부가 전멸하면서 힘을 잃은 대악마 길드의 비리를 경쟁 길드들이 연이어 터뜨렸다. 결국 그들은 버티지 못하고 해산하고 말았다.

베스트 게시글을 한창 살피다가 고개를 들자 현성의 모습이 보였다. 그도 성준을 발견하고는 달려왔다. 그는 혼자가 아니었다. 하운드 길드의 영입과장 태민이 함께 있었다.

"늦어서 죄송합니다!"

"대악마 길드 해산 때문에 오신 겁니까?"

"아, 인터넷을 보신 모양이군요. 그 소식도 있고 성준 씨를 찾아온 사람이 있어서요."

현성은 태민을 소개했다. 성준과는 안면이 있었기 때문에 자세한 소개는 생략되었다.

"하운드 길드에서 무슨 일입니까?"

"이번에 해산한 대악마를 대신해 저희 길드가 상위 30위에 랭크되었습니다. 그래서 가장 많은 도움을 받은 강성준 씨에게 감사를 전하기 위해 찾아왔습니다."

하운드 길드에서는 이번 일에 대해 알고 있는 모양이었다. 성준의 시선이 현성에게 향했다. 그는 손사래를 치며 정보의 유출을 부인했다. 그 모습을 보며 태민은 미소를 지었다.

"한국에서 영향력 있는 길드 대부분이 이번 사태가 어떻게 진행되었는지 알고 있습니다."

"길드의 힘은 생각보다 무섭네요."

"저는 강성준 씨가 더 무섭습니다."

태민은 미소와 함께 말했지만 떨리는 목소리에서 진심을 느낄 수 있었다.

"말만 고맙다고 할 겁니까?"

성준의 물음에 태민은 고개를 저었다.

"물론 아닙니다. 필요하실 때 길드 차원에서 도움을 드릴 생각입니다."

어떤 도움인지 자세하게 설명하지 않았지만 이렇게 직접 찾아와서 뜻을 전달할 정도면 결코 가볍지 않을 것이다.

"정확히 어떤 지원인지 여쭤봐도 되겠습니까?"

"유사시 요청하신다면 저희 길드의 집행부가 강성준 씨를 지원할 겁니다."

집행부는 강력한 전력이다. 하운드 또한 이제 30위에 랭크된 길드였고 보유한 집행부의 전력을 무시하지 못할 정도였다. 길드의 가장 비밀스러운 전력을 지원해준다는 것은 신뢰의 증명이기도 했다.

"제게 그렇게까지 해주는 이유가 뭡니까?"

"미래에 투자한다고 생각해 주시면 됩니다."

그들은 가벼운 대화를 몇 마디 더 나눈 뒤, 헤어졌다. 성준은 C급 던전 솔플 일정을 신청했지만 안타깝게도 주변에 비어 있는 던전이 없어서 대기해야만 했다.

입주까지 시간이 남았기 때문에 원룸으로 돌아온 그는 침상에 누워서 휴식을 취했다.

그리고 다음 날이 찾아왔다.

이른 아침, 알람보다 먼저 울린 벨소리가 그를 깨웠다.

"여보세요?"

-강성준 헌터님의 거주지 주변에서 B급 레이드 상황이 발생했습니다! 곧 좌표가 전송될 겁니다! 즉각 무장을 갖추고 웨이브를 막아주세요!

레이드가 발생했다.

3장
레이드

레이드.

지하에 생성되는 던전과 달리 지상에 차원 관문이 열리고 마물이 쏟아져 나오는 상황을 뜻하는 단어다. 차원 관문과 가장 가까운 헌터들이 우선적으로 소집되고 이어서 등급에 맞는 헌터들이 투입된다.

레이드가 발생한 곳은 위험하기 때문에 택시를 이용할 수 없었다. 그래서 성준은 현장까지 전력을 다해 뛰어갔다.

"신원 확인을 하겠습니다!"

비명이 들릴 정도로 가까워지자 현장을 통제하던 군인과 마주쳤다. 그는 성준의 앞을 막아서며 헌터 자격증을 보여줄 것을 요청했다.

"여기 있습니다."

"신원을 확인했습니다. 들어가셔도 좋습니다."

헌터 자격증을 확인한 군인이 옆으로 물러났다. 성준은 다시 달렸다.

쾅!

집결지에 도착하기 무섭게 폭음이 귀를 때렸다. 집결지와 가까운 곳에서 총성과 비명이 난무했다.

부사관 한 명이 달려와 상황을 전달했다.

"군대와 먼저 도착한 헌터님들이 웨이브를 방어하고 있습니다. 속히 격전지로 이동 바랍니다!"

던전의 등장 이후 도시에 다수의 군이 주둔하기 시작했다. 그들은 오늘처럼 레이드 상황이 발생할 때 가장 먼저 도착해서 마물들을 상대해 왔다.

총탄에 마력을 실을 수는 없고 헌터는 정규군에 소속될 수 없다는 국제 조약이 있는 탓에 군대가 할 수 있는 일은 마물들을 상대로 최대한 시간을 버는 것이었다.

"격전지는 이쪽입니다!"

부사관의 안내를 받아 도착한 격전지에는 20명 정도 되는 헌터가 트롤로 구성된 마물 군대와 치열한 전투를 이어가고 있었다. 마물들의 시체는 계속해서 소멸하고 있었지만 쓰러져 죽은 헌터들은 싸늘하게 식어갈 뿐이었다.

"B급 레이드 상황인데 합류한 B급 헌터가 3명밖에 없습니다. 지금 바로 참전하셔야 합니다!"

부사관의 재촉에 성준은 대답 대신 검을 뽑아 들었다. 그리고 가장 치열한 전투가 벌어지고 있는 곳에 난입했다.

"지, 지원이다!"

"키에에에엑?"

성준을 발견한 보조계 헌터의 표정이 밝아졌다. 잔상조차 보이지 않을 정도로 빠르게 거리를 좁힌 것을 보면 최소 B급 헌터라는 것을 짐작할 수 있었다. 갑작스러운 성준의 등장에 뾰족한 창을 휘두르던 트롤들의 시선이 집중되었다.

"지, 지금 버프를!"

"필요 없어."

성준은 보조계 헌터의 대답도 듣지 않고서 검을 휘둘렀다. 칼날에 반사된 태양이 섬광처럼 반짝일 때마다 머리가 사라진 트롤의 몸뚱이가 힘없이 쓰러졌다.

보조계 헌터가 캐스팅을 시작하기도 전, 그들을 포위하고 있던 트롤 열다섯 마리가 머리가 없는 시체가 되어 바닥에 뒹굴었다.

"마력을 아껴. 레이드는 장기전이야."

성준은 보조계 헌터에게 조언한 뒤 손을 들어 올렸다.

"흡수."

마력을 흡수하자 마물들의 시체가 소멸했다.

-동조율은 오르지 않았습니다.

리슈발트가 보고했다.

동조율이 10%를 넘어서자 C급 마물에 불과한 트롤 열다섯 마리로는 조금도 오르지 않았다

"많이 잡아야겠네."

성준은 검을 고쳐 쥐며 대학살을 예고했다. 그는 4차선 도로 곳곳을 누비며 불리한 상황에 놓인 헌터들을 도왔다. 트롤은 C급 헌터들이 상대하기 까다로운 마물이었지만 성준에겐 아니었다. 그가 검을 휘두를 때마다 마물들이 힘없이 쓰러졌다.

"괴, 굉장해!"

"A급 헌터야?"

여유가 생기자 헌터들은 주변을 살필 수 있었다. 그들은 곧 활약하는 성준을 볼 수 있었고 그의 뛰어난 전투 능력에 감탄했다. 성준이 A급 헌터라고 생각하고 힘을 얻었다.

"회복계 헌터 없습니까!"

누군가 힐러를 찾았다. 성준은 목소리가 들린 방향으로 고개를 돌렸다.

그곳에는 창을 든 남자가 피투성이가 된 여자를 끌어안은 채 주변 헌터들의 도움을 받아 뒤로 물러나고 있었다.

소집된 헌터 중에서 다른 회복계 헌터는 없는지 아무도 그

의 외침에 응답하지 않았다.

"갑니다!"

성준이 대답했다. 그는 힐의 유효 범위까지 접근한 뒤 쓰러진 헌터가 있는 곳을 향해 왼손을 들어 올렸다.

"힐!"

"윽……."

새하얀 빛무리가 깃들자 쓰러져 있던 헌터가 의식을 되찾았다. 그녀를 안고 있던 헌터는 주변을 두리번거린 끝에 성준을 발견했다.

"정말 감사합니다!"

성준은 대답 대신 고개를 끄덕인 뒤 다시 전투에 합류했다. 후방에서 버프를 걸어주고 있던 보조계 헌터 3명이 그 모습을 보고 경악했다.

"뭐야? 전투계가 아니었어?"

"힐량이 엄청나요. 진짜 A급 아니에요?"

"S급일지도 모릅니다. 잘하면 공략팀이 오기 전에 레이드 보스를 정리할 수도 있을 것 같네요."

성준의 활약에도 불구하고 파도처럼 밀려오는 마물 군대의 물결에 헌터들이 하나둘씩 힘없이 쓰러졌다. 성준이 검을 휘두르면서 힐을 시전하기도 했지만 혼자서 20명이 넘는 헌터를 감당하는 것은 무리였다.

"1차 웨이브가 끝난 것 같습니다!"

웨이브 보스인 트롤 광전사가 쓰러지는 것으로 1차 웨이브가 끝을 맺었다. 헌터 10명이 쓰러졌고 5명이 충원되었다. 쓰러진 10명 중에는 B급 헌터도 한 명 섞여 있었지만 충원된 헌터 중에는 B급 이상이 없었다.

다음 웨이브가 도착하지 않았기 때문에 헌터들은 짧은 휴식을 취했다.

"공략팀은 언제 오는 거야?"

헌터 한 명이 군인을 붙잡고 물었다.

"이, 이번에 이 지역을 맡은 하운드 길드에서 레이드 대응 공략팀을 준비하지 못한 것 같습니다."

레이드 상황이 발생하면 1차적으로 근처의 헌터들이 소집되고 2차로 관리국에서 등급에 맞는 공략팀을 소집해서 보내지만 가까운 길드에서 정규 공략팀을 파견하는 경우도 더러 있었다.

길드에 권력이 집중되는 이유 중에는 그들이 레이드 상황을 수습하는 경우가 많다는 것도 있었다.

"2차 웨이브 포착! 10분 안에 조우할 것으로 보입니다!"

"공략팀은 언제 오냐고!"

"언제까지 버텨야 합니까!"

레이더를 보고 있던 군인이 2차 웨이브의 접근을 보고하자 소집된 헌터들의 불만이 높아졌다. 레이드는 많은 보상을 받을 수 있지만 많은 마물을 상대해야 하기 때문에 목숨을 잃을 확률이 높았다.

"공략팀이 출발했다는 연락입니다! 30분 안에 도착합니다!"

"도대체 어디서 출발하길래 30분이야!"

"10분 후면 2차 웨이브 오는데 우리 다 죽습니다!"

무전기를 붙잡고 있던 군인이 공략팀의 출발 사실을 전달했다. 하지만 성난 헌터들을 진정시키지는 못했다.

2차 웨이브는 1차 웨이브보다 수도 많고 강한 마물들이 나오는 게 당연하다. 다들 지금 모인 헌터들로는 막을 수 없다고 생각했다.

'웨이브를 막기는 힘들 것 같은데……'

성준도 다른 헌터들과 같은 생각이었다. 홀로 살아남은 자신은 있었지만 모든 마물을 완벽하게 차단할 자신은 없었다. 그의 몸은 하나였고 마물들의 수는 많았다. 군부대가 함께하고 있지만 그들로도 역부족이었다.

마물들이 제한 지역 밖으로 나가면 민간인들의 피해가 확산된다.

"2차 웨이브의 규모를 보고 와. 가능하면 차원 관문의 위치도."

성준은 리슈발트에게 지시를 내렸다. 리슈발트는 대답 대신 즉시 행동했다.

잠시 후, 정찰을 끝낸 리슈발트가 귀환했다.

-2차 웨이브의 규모는 1차의 2배 정도입니다. 차원 관문은 생각보다 가까운 곳에 있었습니다.

"지키는 마물의 수는?"

-수는 적지만 정예입니다. 리빙 아머 20기가 지키고 있습니다. 1기는 지휘관급으로 보였습니다.

"B급 마물 20기 정도면 10분 만에 전멸시킬 수 있어."

은신 아이템의 힘을 빌렸다고는 하지만 대악마 길드 집행부와 A급 헌터들을 상대하면서 성준은 자신감을 얻었다.

성준은 현장에서 대기하고 있던 관리국 직원을 호출했다.

"무슨 일이시죠?"

"2차 웨이브, 감당 못 한다는 거 아시죠?"

직원은 쉽게 대답하지 못했다. 그 모습을 보며 성준은 입꼬리를 끌어 올렸다.

"제가 차원 관문을 요격하겠습니다."

레이드 보스를 쓰러뜨리고 차원 관문을 파괴하면 살아 있는 마물들도 기존의 차원으로 역소환된다. 웨이브를 막는 사이에 별동대가 우회하여 차원 관문을 요격하는 전략은 레이드 상황이 발생할 때마다 자주 쓰이는 전력이었지만 단신으로 움직이는 경우는 없었다.

"가능하겠습니까?"

"문제없습니다."

"미리 말씀드리지만 이 위험한 계획에 대해 관리국에서는 어떤……"

"책임 없다고요? 나도 알고 있으니까 걱정하지 마세요."

성준은 시간을 확인했다. 2차 웨이브 도달까지 5분밖에 남지 않았다.

"차원 관문 부수면 이 레이드 MVP는 저죠?"

MVP가 되면 해당 레이드에서 30% 추가 정산을 받을 수 있다.

"물론입니다. 누구도 이의를 제기하지 못할 겁니다."

"시간이 얼마 안 남았네요. 바로 갑니다."

성준은 직원이 대답하기도 전에 움직였다. 얼마 지나지 않아서 2차 웨이브를 이룬 마물들과 조우했다.

-우회할 수 있는 길이 있습니다.

리슈발트는 정찰하면서 미리 봐둔 길로 성준을 안내했다. 덕분에 그는 마물들과 싸우지 않고 차원 관문에 도착할 수 있었다.

20기의 리빙 아머가 조각상처럼 묵묵히 자리를 지키고 있었다. 1기는 갑옷에 장식이 많았다. 지휘관급 리빙 아머인 것 같았다.

-무질서한 것 같지만 진형을 갖췄습니다.

"그런 것 같네."

성준은 고개를 끄덕이면서 대답했다. 그는 검을 들어 올리며 가장 가까운 리빙 아머와 거리를 가늠했다. 그리고 한 번의 도약으로 순식간에 거리를 좁혔다.

너무나 빠른 속도였다. 리빙 아머들은 반응하지 못했다.

철그럭!

오러가 깃든 검에 둘이 쓰러지자 뒤늦게 다른 리빙 아머들이 무기를 들어 올렸다. 검과 창, 그리고 철퇴가 성준을 노렸다.

하지만 성준은 이미 안전지대로 이동한 뒤였다.

그가 휘두른 검에 리빙 아머 몇 기가 다시 쓰러졌다.

쿵!

-실전검에 더 익숙해지셨군요! 굉장합니다!

옆에서 지켜보고 있던 리슈발트가 감탄했다. 동조율이 오르면서 실전검에 대한 이해도 함께 올라갔다.

성준은 리빙 아머들을 상대하며 지휘관급을 향해 슬쩍 시선을 보냈다. 그는 부하들이 쓰러지고 있는 상황에서도 조각상처럼 자리를 지켰다.

'내 검술을 파악하려는 건가?'

성준의 움직임을 뒤쫓는 것인지 고개를 조금씩 움직이고 있었다.

"흡수!"

마침내 19기의 리빙 아머가 전멸했다.

조금 전에 1차 웨이브에서 다수의 마물을 상대했고, B급 중에서도 준정예로 분류되는 리빙 아머를 19기나 정리하고 마력을 흡수해서 그런지 잃어버렸던 기억이 일부 깨어나는 게 느껴졌다.

"이제 움직이나?"

부하들이 전멸하자 지휘관급 리빙 아머도 무거운 몸을 움직였다. 그 모습을 보며 한 차례 성준은 웃으며 리슈발트를 향해 입을 열었다.

"동조율 얼마야?"

-14%입니다.

"많이 올랐네? 새로운 능력은?"

-이제 이계어를 완벽하게 이해할 수 있습니다."

"쓸모없는 능력이네."

성준은 고개를 저으며 전방을 향해 시선을 옮겼다. 지휘관급 리빙 아머는 천천히 투구를 올렸다. 그러자 비어 있어야 할 공간에 잘생긴 남자의 얼굴이 나타났다.

"사람……?"

리빙 아머가 아니었다.

"그 검술을 누구한테 배웠지?"

그는 유창한 이계어로 질문했다. 성준은 대답을 하는 대신 리슈발트를 힐끗 보았다.

-확실하지 않지만 여단 소속의 기사인 것 같습니다.

"게네들 각성 던전에만 나오는 거 아니었어?"

성준은 리슈발트에게만 들릴 정도의 작은 목소리로 말했다.

-동조율이 높아지면서 일부 기억이 되살아났습니다. 하지만 정리되지 않은 상태라 당장 설명하기 힘듭니다.

"그래."

성준은 호기심을 잠시 접어두기로 마음먹었다. 시선이 기사에게 향했다. 그는 기억을 더듬어 이계어를 조합해 하나의 문장을 만들어냈다.

"대화를 하고 싶으면 이름부터 말해주면 고맙겠는데?"

"아론이다."

그는 자신의 이름을 밝히며 검을 뽑았다. 기다란 장검의 칼날이 태양 빛을 받아 반짝였다.

"이제 대답해 주겠나? 내 궁금증을 해결해 준다면 편히 죽여주겠다."

그는 대단한 자비를 베푼다는 듯 말했다. 성준은 입꼬리를 끌어 올리며 아론을 향해 발을 떼었다.

"무, 무슨……!"

눈으로 좇지 못했다. 일순간에 거리를 좁혀오는 성준의 모습에 아론은 당황했다. 리빙 아머들과 싸우는 모습을 봤지만 이건 또 예상외였다.

'힘을 숨기고 있었나!'

그는 급히 희미한 오러가 깃든 검을 들어 올렸다. 이윽고 두 사람의 검이 충돌했다.

콰앙!

"컥!"

굉음과 함께 전해지는 충격에 아론의 몸이 휘청거렸다. 아론의 실력은 각성 던전 1차 관문을 지켰던 기사와 비슷했지만 성준은 그때보다 2배 이상 강했다.

성준이 압도할 수밖에 없는 싸움이었다.

"날 죽이기엔 실력이 부족한 것 같은데?"

성준은 조롱 섞인 한마디와 함께 아론의 검을 부드럽게 흘려냈다.

'로, 로우켈 경의 실전검이 확실하다!'

아론의 눈동자 흔들렸다.

"배신자가…… 살아 있었나?"

아론은 로우켈이 살아서 성준에게 검술을 가르쳤다고 오해했다.

"배신자는 너희잖아!"

기억이 선명하진 않았지만 배신당했다는 사실은 분명했기 때문에 성준은 대답할 수 있었다.

성준은 뒤로 한 걸음 물러난 뒤, 앞으로 발을 내디디며 펜싱을 하는 것처럼 아론의 복부를 향해 검을 내찔렀다. 아론이 검을 회수하기도 전에 성준의 검이 두꺼운 철갑옷을 뚫고 복부를 찔렀다.

"큭!"

검을 뽑아내자 붉은 피가 쏟아졌다. 한 번에 많은 양의 피가 빠져나가자 아론은 정신이 아찔해지는 것을 느꼈다.

그는 검을 놓치고 무릎을 꿇었다.

'내가 감당할 수 있는 적이 아니다.'

아론은 뒤늦게 깨달았다. 성준이 구사하는 실전검의 숙련도가 너무 높았던 것이다.

'리빙 아머와 싸울 때는 실력을 숨기고 있었군. 내가 너무 방심했어.'

인정할 수밖에 없는 사실이었다.

"입장이 바뀌었으니까 내가 물어볼 차례지?"

생각보다 빨리 결판이 나서 다소의 의문을 해결할 시간이 있었다.

"너는 마물인가?"

"그럴 리가 있겠나?"

아론은 힘없는 미소를 머금은 채 대답했다.

"그렇다면 어째서 마물 군대를 지휘하고 있는 거지?"

"네 스승이 가르쳐 주지 않은 모양이군"

"싫으면 굳이 말 안 해줘도 돼. 사람은 아니지만 설명 좋아하는 녀석을 알고 있거든.”

“자, 잠깐…… 커헉!”

성준은 아론의 대답을 끝까지 들을 필요 없다고 판단했다.
오러가 깃든 검이 갑옷을 찢고 들어가 심장을 관통했다.

“흡수.”

아론의 몸에서 검을 뽑아낸 성준은 마력을 흡수했다. 그리
고 차원 관문을 유지하고 있는 마정석을 파괴했다.

이제 마물들은 역소환될 것이다.

-새로운 아이템의 존재를 확인.

계측기가 반응했다.

-반지입니다.

“오케이.”

리슈발트가 아이템의 존재를 알려주었다. 성준은 아론의 시
체에서 반지를 뺐다. 각성 던전에서 얻었던 것처럼 숫자가 각
인되어 있었다. 이번에는 479였다.

[알 수 없는 반지]

B급.

알 수 없음.

각성 던전의 경우처럼 계측기가 감정하지 못했다. 성준이 말 없이 들어 올린 반지를 리슈발트가 감정했다.

[기사 여단의 반지]

B급.

오러 지속 효과 확인.

"반지를 두 개 껴야 하나……?"

-같은 아이템이라서 제가 합성시킬 수 있습니다.

"정말? 편리한 능력이네."

-잠깐 실례하겠습니다.

성준이 반지를 들어 올리자 리슈발트가 흘려보낸 마력이 두 반지를 감쌌다. 섬광이 반짝이다가 사라지자 두 개의 반지가 하나가 되어 있었다.

성준은 다시 계측기를 가져갔다.

[기사 여단의 반지+1]

B급.

오러 지속 효과 확인.

아이템 정보가 조금 변했다.

-오러의 지속 시간이 1분 30초 정도 늘어났을 겁니다.

"잘 되었네."

리슈발트가 다가왔다.

"집에 돌아가서 설명해 줘."

-알겠습니다.

성준은 상황 보고를 위해 격전이 벌어졌던 곳으로 돌아왔다. 뒷수습을 하고 있던 직원들이 성준을 발견하고 허겁지겁 달려왔다.

"보고는 들었습니다. 정말 수고가 많으셨습니다."

"헌터님이 아니었으면 인명 피해가 커질 뻔했습니다. 던전 관리국을 대표해서 감사 인사를 드립니다."

"단신으로 차원 관문을 파괴하는 게 쉽지 않았을 텐데…… 대단한 일을 하셨습니다."

상황을 전달 받은 직원들이 감탄사를 쏟아냈다.

"정산 카드는요?"

칭찬받는 건 기분이 좋지만 챙겨야 하는 것을 잊을 수는 없었다. 성준의 물음에 직원 한 명이 가방에서 카드를 건네주었다.

"MVP 정산 카드입니다. 조금만 있으면 마정석 회수가 끝납니다. 가까운 관리국에서 카드를 제시하시면 정산을 받을 수 있습니다."

직원은 정산 카드 사용법을 성준에게 친절하게 설명했다.

던전 안에서는 헌터들이 마정석을 직접 확보하지만 레이드는 던전 관리국에서 보낸 직원들이 마정석을 루팅한다. 루팅된 마정석이 모이면 레이드 기여도에 따라 정산금을 나눈다. MVP로 선정된 헌터는 던전 관리국에서 30%의 추가 정산금을 지급한다.

"MVP로 선정된 헌터님께는 던전 관리국까지 차량이 제공됩니다."

"듣던 중 반가운 말이네요."

성준의 표정이 밝아졌다. 그는 대기하고 있던 차를 타고 던전 관리국으로 이동했다. 그리고 관련 업무를 보고 있는 사무원을 찾아가 MPV 정산 카드를 보여줬다.

"지금 처리해 드릴게요."

사무원이 키보드를 바쁘게 두드렸다. 그녀는 정산 카드를 확인한 후 성준을 보며 입을 열었다.

"헌터 자격증을 보여주시겠어요?"

신원 확인 절차였다. 성준은 대답 대신 헌터 자격증을 꺼내 보여주었다. 그녀는 헌터 자격증의 번호를 조회했다. 성준과 관련된 간략한 정보가 모니터에 나타났다.

"계좌로 입금시킬게요."

성준이 고개를 끄덕이자 사무원은 빠르게 진행했다.

"입금되었습니다. 감사합니다."

성준은 스마트폰으로 13억이 입금된 것을 확인했다. 던전 관리국에서 나온 그는 외출한 김에 새로 입주할 오피스텔에서 사용할 가구를 사기로 마음먹었다. 가구 쇼핑을 끝내고 며칠 뒤, 성준은 새로운 보금자리에 입주했다.

짐 정리가 끝난 그날 저녁, 성준은 차가운 맥주를 들고 창가로 향했다. 7층이었지만 주변에 고층 빌딩이 많아서 괜찮은 조망은 아니었다.

"리슈발트."

잠시 모습을 감췄던 리슈발트가 곁으로 다가와 고개를 숙였다.

-부르셨습니까?

"며칠 시간을 줬으니까, 기억은 좀 정리됐지?"

성준이 물었다. 동조율이 14%가 되었을 때는 싸우는 중이었고 리슈발트도 기억이 정리되지 않았다고 했기 때문에 더는 묻지 않았었다.

-모든 게 기억나지는 않았지만, 지금 당장 생각나는 것들은 정리했습니다. 질문에 어느 정도는 대답할 수 있을 것 같습니다.

"좋아, 그러면 천천히 물어볼게."

성준은 잠시 말을 멈추고 맥주를 한 모금 마셨다. 그리고 차분한 표정으로 입을 열었다.

"내가 배신당한 이유는?"

선명하지 않은 기억의 조각을 끼워 맞춘 결과 배신당했다는 사실은 확실해졌지만, 그 이유는 기억나지 않았었다.

-모든 것이 기억나지는 않았지만, 어느 정도 의문은 해소시켜 드릴 수 있을 것 같습니다.

리슈발트가 대답했다. 성준은 그에게 집중했다.

잠깐 침묵하던 리슈발트가 입을 열었다.

-황제가 비밀리에 진행하던 계획이 있었습니다. 13기사회의 최고 기사였던 주군께선 반대하셨지만 다른 기사들은 황제의 뜻에 따르기로 했습니다. 그렇게 제국과 주군의 사이가 어긋나기 시작했고, 결국엔 주군 홀로 제국을 상대하게 되었습니다.

"그 계획이 어떤 건지는 기억나지는 않고?"

-죄송합니다. 동조율이 낮아서 기억이 온전하지 못합니다.

리슈발트는 고개를 숙이며 사과했다. 성준이 고개를 저었다. 동조율이 낮아서 기억하지 못하는 건 리슈발트의 잘못이 아니었다.

"그렇다면 평원의 기억에서 내가 상대했던 기사들은 13기사회 소속이었나……?"

성준은 예전에 꾼 꿈을 떠올렸다.

같은 장소에 대한 꿈을 두 번 꾸었는데, 한 번은 12명의 기사와 대군이 그를 포위하고 있었고 다른 꿈에선 피투성이가 된 3명의 기사가 성준을 향해 검을 겨누고 있었다.

주변에는 시체가 가득했었다.

-리도니아 대평원 전투를 말씀하시는 것이군요. 그곳에서 저 또한 주군과 함께 싸웠습니다.

리슈발트의 대답에 성준은 눈살을 찌푸린 채 기억을 더듬었다.

"그런 것 같네. 확실한 건 적이 아주 많았고 내가 경계할 만한 놈이 열둘이었어."

-주군을 제외한 13기사회의 검성 열두 명일 겁니다. 모두 황제의 뜻에 따라 주군의 목을 베기 위해 리도니아 대평원에 몰려들었습니다. 제 기억이 정확하다면 기사 여단이 동원되고 5만의 제국군도 움직였을 겁니다.

리슈발트는 말을 마치며 분노로 몸을 떨었다.

성준의 전생, 검성 로우켈은 13기사회의 최고 기사로 제국에서 가장 강한 남자였다. 황제는 그를 숙이기 위해 5만 제국군을 동원했을 뿐만 아니라 남은 13기사회와 제국 최강의 무력 집단인 기사 여단까지 움직였다.

……여기까지가 지금 상황에서 기억나는 전부입니다.

리슈발트는 더 도움이 되지 못해서 아쉬웠다. 그런 감정이 표정에 훤히 드러났다.

성준은 희미한 미소를 지으며 입을 열었다.

"고맙다, 리슈발트. 충분히 도움이 되었어."

-감사합니다, 주군.

리슈발트도 미소를 지었다.

"그래, 나는 리도니아 대평원에서 죽었구나."

-뒷일은 기억나지 않습니다. 저는 주군을 위해 싸우다, 가장 먼저 죽었습니다.

"자세히는 모르겠지만 얼마 전에 꿈을 꿨어."

성준은 잠시 맥주를 마신 뒤 다시 입을 열었다.

"내가 검성 9명은 죽인 것 같아."

그렇게 말하며 성준은 미소를 지었다.

-역시 주군이십니다!

리슈발트가 감탄했다. 13기사회에 소속된 검성들의 무력은 매우 뛰어났다.

그런데 9명을 죽였다고?

비록 성준의 전생, 로우켈은 리도니아 대평원에서 눈을 감았지만 이 정도면 제국에 한 방 먹였다고 할 수 있었다.

"조금만 더 물어볼게. 각성 던전에 출현하는 기사들, 마물이 아니지?"

-지금은 대답할 수 있습니다.

리슈발트의 눈동자가 차갑게 식었다.

-각성 던전은 저희가 살았던 차원, 이곳에서 말하는 이계와 연결되어 있는 것 같습니다. 이유는 알 수 없습니다.

"그래."

성준은 고개를 끄덕였다. 그 정도는 예상하고 있었다.

-어쩌면 여기서 얼마 전의 레이드 상황에서 봤던 차원 관문도 이계와 연결되어 있을 수도 있습니다.

"충분히 가능하겠네."

성준은 대답과 함께 손에 끼고 있는 '기사 여단의 반지'로 시선을 옮겼다. 쓰러뜨렸던 기사는 분명 기사 여단의 소속이었을 것이다.

그렇다면 차원 관문이 이계와 연결되어 있다는 걸 설명할 수 있었다.

"아론이라는 기사를 알고 있나?"

-모릅니다. 하지만 기사 여단의 증표는 확실합니다. 저 역시 기사 여단 서열 9위의 기사였기 때문에 이 반지를 확실히 기억하고 있습니다.

리도니아 대평원 전투에서 기사 여단은 전멸했지만 새롭게 충원되었을 것이다.

"그렇다면 마지막으로 물어볼게."

--제가 알고 있는 것이라면 뭐든지 대답하겠습니다.

"황제와 제국은 마물과 손을 잡았나?"

-정확한 기억은 없습니다. 그러나 지금의 정황으로 볼 때 그럴 가능성이 매우 높습니다.

리슈발트가 대답했다. 성준은 두 눈을 가늘게 뜨고 생각을 정리했다.

하나, 황제는 모종의 계획을 세우고 있었다.

하나, 레이드 보스는 기사 여단 소속이 분명하다.

하나, 마물들이 레이드 보스를 따르고 있었다.

하나, 각성 던전은 이계와 연결되어 있다. 역으로 이계에서 지구로 던전을 연결하는 것도 가능할 것이다.

네 가지 정황 증거는 어느 한 지점을 가리키고 있었다.

성준은 마시고 있던 맥주캔을 찌그러뜨렸다.

"리슈발트, 아직 속단하긴 이르지만, 대충은 알 것 같다."

-설마…….

리슈발트도 바보는 아니었다. 그도 어떤 가설을 떠올리고 마른침을 삼켰다.

"던전과 레이드는 '침공'과 관련 있다."

4장
의문의 손님

-모든 기억이 남아 있지 않지만 충분히 가능성 있습니다.

리슈발트가 심각한 목소리로 말했다. 예상이 맞다면 성준의 전생 로우켈은 마물들과 손을 잡고 이계를 침공하겠다는 황제의 계획에 반대했다가 배신자로 낙인찍혀 척살 당했다.

"여기를 침공할 생각이면 나도 곤란해지는데……."

-어차피 복수하려고 하셨던 것 아닙니까?

리슈발트의 물음에 성준의 입가에 미소가 번졌다.

"전생에 나를 보조했던 부관답네. 날 너무나 잘 알고 있어."

동조율이 올라가면서 성준의 성격은 점차 전생의 인격 로우켈을 닮아가고 있었다. 그래서 리슈발트는 그의 생각을 어렵지 않게 추측할 수 있었다.

"며칠 전까지만 해도 조금 고민했었는데 잘됐어."

성준이 말했다.

전생의 기억은 피의 복수를 외치고 있었지만 현재 성준의 인격은 성공만을 원할 뿐이었다. 하지만 황제의 계획과 던전, 그리고 레이드와의 관계가 어느 정도 밝혀진 지금, 성준도 도저히 두고 볼 수만은 없는 상황이 되었다.

'가만히 있으면 지구가 침공당한다.'

지구를 구하겠다는 거창한 목표는 없다. 하지만 침공당하면 모든 것을 잃는다는 것은 뻔한 수순이었다.

-던전 공략과 레이드에 꾸준히 참여하시면서 높인 동조율로 각성 던전만 출입해도 제국의 계획을 억지할 수 있을 겁니다.

리슈발트가 말했다.

던전과 레이드에 참여하는 것은 출세를 위한 길이기도 했다. 전생과 현생의 목표가 일치하는 부분이 있어서 거부감이 들지 않았다.

성준이 물었다.

"먼저 뭘 해야 할까?"

-지금 당장 황제를 죽이는 건 무립니다.

"나도 알아."

전투력에서 밀릴 게 뻔하고 무엇보다 이계로 가는 법도 몰랐다.

-당장은 동조율을 올리면서 잃어버린 기억을 되찾아야 합니다.

어쩌면 이 모든 게 오해라는 가능성 또한 배제할 수 없기 때문입니다.

리슈발트는 냉정하게 상황을 판단했다.

-물론 그 가능성은 매우 낮습니다.

"나도 그렇게 생각한다."

리슈발트가 덧붙이자 성준도 고개를 끄덕였다.

"일단 동조율을 올려야겠네. 던전에 가야겠다."

동조율을 올리려면 마물을 죽이고 마력을 흡수할 필요가 있었다.

'그러고 보니 얼마 전에 신청한 C급 던전 솔플 일정이 아직도 안 잡혔나? 확인해 봐야겠네.'

오늘은 시간이 늦어서 외출할 생각이 없었다.

'내일 확인해야지.'

그리고 다음 날.

잠에서 깬 그는 준비를 끝내기 무섭게 택시를 타고 던전 관리국으로 향했다.

"죄송합니다. 최근에 신규 생성된 던전의 수가 적은 탓에 솔플 일정이 쉽게 잡히지 않고 있습니다."

"꽤 오래 지났을 텐데……."

성준은 눈살을 찌푸렸지만 고개를 숙이며 사과하는 사무원의 모습에 더는 불평하지 않았다. 따지고 보면 사무원은 죄가 없었다.

"최대한 빨리 던전에 들어가고 싶은데…… 다른 방법은 없겠습니까?"

"B급 던전 매칭도 대기열이 많이 밀려 있어요."

"긴급 보충 요청은 없습니까?"

성준이 물었다. 정규 공략팀이나 매칭된 인원이 낙오되면 던전 관리국에 보충 요청이 들어온다. 운이 좋아서 보충 요청이 있다면 매칭 없이 바로 던전 공략에 참여할 수도 있었다.

"잠시만 기다려 주시겠어요?"

사무원이 보충 요청을 확인했다.

"헌터님, 보충 요청이 하나 있지만 A급 던전입니다. 괜찮으시겠어요?"

B급 헌터는 C급 던전의 솔플 일정을 잡을 수 있고 A급 던전까지 매칭을 신청할 수 있지만 안전을 선호하는 헌터들은 한 단계 위의 던전을 공략 신청하는 오버 매칭을 꺼렸다.

"정규 공략팀입니까?"

성준이 물었다. A급부터는 위험도가 기하급수적으로 증가한다. 그래서 매칭보다는 계속해서 호흡을 맞춰온 정규 공략팀이 주로 던전을 공략하는 편이었다.

"네, 회복계 헌터 한 명이 갑자기 펑크를 내서 급하게 보충을 요청했습니다."

"바로 가겠습니다. 절차 밟아주세요."

"던전 위치를 메시지로 안내해 드리겠습니다."

"감사합니다."

던전 관리국을 나오기 무섭게 메시지가 도착했다. 그것을 확인한 성준은 던전 위치로 택시를 타고 이동했다. 던전 앞에는 성준을 제외한 전원이 모여 있었다.

"뭐야?"

성준은 눈살을 찌푸렸다. 전달받은 공략 인원 외에도 1명이 더 있었다.

'김기찬이었군.'

정규 공략팀 '에이스'의 팀장 김기찬은 외모 때문에 유명해진 A급 헌터였다. 그의 위치는 연예인과 비슷했다.

성준은 천천히 발걸음을 옮겼다.

"왜 이렇게 늦었습니까?"

합류하기 무섭게 기찬이 성준을 보며 질책했다. 기분을 나쁘게 만드는 말투였다. 성준은 눈살을 찌푸린 채 주변을 살폈다.

"매칭되자마자 바로 왔습니다만……."

보는 사람이 많아서 예의는 갖췄지만 불쾌한 기색을 드러냈다.

그 모습에 기찬은 한숨을 푹 내쉬더니 입을 열었다.

"지금은 봐주겠지만 던전 들어가면 알아서 행동해 주세요."

정중한 척 포장했지만 여전히 기분 나쁜 말투였다.

-감히, 주군에게! 당장 참수를 해도 부족한 녀석입니다.

리슈발트가 분개했다.

'김기찬 성격이 개판이라더니 사실이었네.'

이렇게 직접 만나보니 오만하고 상대를 깔보는 모습이 헌터 닷컴에 떠도는 소문 속 모습과 똑같았다.

"알아서 할 테니 걱정하지 마시죠."

자연히 성준의 목소리도 날카로워졌다.

그는 여성이 다가오는 모습을 보고 뒤로 물러났다.

"조심하세요."

그는 마지막으로 경고했다. 던전 공략을 앞두고 외부인의 기선을 제압해 두려는 속셈이었다. 어린애 같은 모습이었지만 정규 공략팀에 외부인이 끼었을 때 흔히 볼 수 있는 광경이었다.

그러는 사이, 여성이 코앞까지 다가왔다.

"안녕하세요! 윤설이라고 해요."

갈색의 긴 머리를 뒤로 묶은 그녀의 이름은 윤설이였다. 이름만큼이나 외모도 아름다웠다.

"회복계 헌터님이죠? 오늘 잘 부탁드릴게요!"

성준은 대답 대신 입가에 미소를 머금은 채 고개를 끄덕였다. 이윽고 자신을 정명수라고 소개한 남자가 와서 몇 가지 주의 사항과 정규 공략팀 '에이스'가 주로 사용하는 대형과 관련된 기본적인 내용을 설명했다.

"윤설아 씨는 민간인 같은데, 던전 공략에 참가하는 겁니까?"

"네, 저도 잘 모르지만 청룡 그룹과 관련 있는 분인 것 같습니다."

"청룡 그룹이요?"

청룡 그룹은 대한민국의 5대 기업 중 하나다.

"네, 그쪽에서 요청했고 기찬이가 수락한 것 같습니다."

"민간인이 합류하면 안전 문제가 있을 텐데……."

"B급 헌터 3명을 경호원으로 데려왔습니다. 안전 문제는 저희가 크게 걱정하지 않아도 될 것 같습니다."

기찬의 말에 성준은 고개를 끄덕였다.

"던전 진입하겠습니다!"

설명이 끝나자 김기찬의 친구이자 '에이스'의 팀원인 정명수가 던전으로 향하는 문을 열었다.

"윤설아 씨는 강성준 씨 옆에 붙으세요."

회복계 헌터는 진형에서 가장 안전한 곳에 위치한다. 경호가 붙어 있다고는 하지만 설아는 민간인이니까 성준의 옆에 자리 잡는 건 당연했다.

계단을 내려가서 던전에 진입하자 헌터들이 5대의 조명 드론을 작동시켰다.

"전방에 적입니다! 화염 광전사 둘에 질풍 기사 셋!"

초입부터 두 종류의 A급 마물 다섯이 모습을 드러냈다.

"스트랭스."

"진형을 갖춰서 돌격!"

보조계 헌터가 파티에 버프를 부여하자 기찬과 명수 등의 A급 헌터 3명이 B급 헌터 둘의 엄호를 받으며 마물들과의 거리를 좁혔다.

화염 광전사가 입을 열고 뜨거운 화염을 토해냈다.

"내가 막을게!"

명수가 앞으로 달려 나가며 방패를 들어 올려 화염 세례를 막아냈다. 다른 헌터가 질풍 기사 셋을 견제하는 사이 기찬이 화염 광전사 둘을 향해 몸을 던졌다.

그의 검에 선명한 푸른빛의 오러가 깃들었다.

'오러 사용자……'

불타는 창을 날렵한 움직임으로 피한 기찬은 오러가 깃든 검을 휘둘러 화염 광전사 둘을 소멸시켰다.

다른 헌터들도 질풍 기사 셋을 소멸시켰다. 오러 사용자는 없었지만 헌터가 들고 있는 무기에는 기본적으로 마력이 부여되기 때문에 정령계 마물에도 피해를 입힐 수가 있다.

"우와……."

헌터들의 전투를 처음 보는 설아는 입을 다물지 못했다.

"힐러님! 치유를 부탁합니다!"

전투가 금방 끝난 것처럼 보였지만 A급 마물 다섯이었다. B급 헌터 한 명이 꽤 심한 부상을 입은 모양이었다.

"힐!"

백색의 빛이 부상을 입은 헌터에게 깃들자 상처가 빠른 속도로 회복되기 시작했다.

"이게 힐이라는 거죠? 실제로 보는 건 처음이에요."

설아는 호기심에 두 눈을 빛냈다. 헌터의 상처가 회복되는 속도를 지켜보고 있던 명수가 입을 열었다.

"B급 헌터라고 하셨는데 힐량이 상당하시네요? 이 정도면 A급 헌터라고 해도 믿겠습니다."

동조율이 오르면서 신체가 활성화되고 결과적으로 힐량을 증가시키는 결과를 가져온 것 같았다.

"회복 속도가 빨라서 다음 전투에 바로 참여할 수 있을 것 같아요."

다른 헌터가 말했다. 다른 이들도 고개를 끄덕이는 것으로 동의했다. 파티는 던전의 깊숙한 곳으로 전진했다.

"성준 씨는 취미가 뭐예요?"

처음에는 두 눈을 빛내며 전투를 구경하던 설아였지만 자세히 보이지도 않는 전투에 곧 흥미를 잃어버리고는 옆에 있는 성준을 향해 쉬지 않고 말을 걸기 시작했다.

가장 가까이 있기도 했지만 후방에서 힐만 하는 성준의 모습이 일반인의 눈에는 한가로워 보였던 모양이었다. 성준은 그녀의 말에 적당히 어울려 주면서도 회복계 헌터로서의 역할을 소홀히 하지 않았다.

"마물들이 너무 많이 나오는데?"

"그러게…… 혹시 정예 던전 아니야?"

던전 깊은 곳으로 진입할수록 등장하는 마물의 수가 기하급수적으로 늘어났다. 헌터들은 정예 던전일지도 모른다는 생각을 하게 되었다.

"팀장님, 정예 던전이면 일단 물러나는 게 좋지 않을까요? A급 헌터가 한 명 더 필요할 것 같습니다."

공략팀에 소속된 헌터의 말에 기찬은 설아의 눈치를 살피더니 입을 열었다.

"이대로 진행하자. 반대 의견은 받지 않을 거다."

그들의 대화를 듣고 있던 성준이 한 걸음 다가갔다.

"제가 도와드릴까요? 검술에는 자신 있습니다."

성준이 말했다. 전투에 개입하지 못한 탓에 마력을 흡수하지 못했다. 이대로라면 목적을 잊은 셈이 되기 때문에 전투 개입 의사를 밝혔다.

하지만.

"회복계 헌터가 검을 휘두른다는 말입니까? 후방에서 조용히 힐이나 해주세요. 그게 도와주는 겁니다."

"알겠습니다."

파티장은 기찬이었기 때문에 그의 말에 따를 수밖에 없었다. 위치로 돌아가던 성준은 잠시 걸음을 멈추고 기찬을 보며 입을 열었다.

"참고로 앞에 30마리 이상의 마물이 매복하고 있습니다."

"네에, 알겠습니다요."

성준은 기척을 감지했고 그 사실을 말해주었지만 기찬은 전혀 듣는 기색이 아니었다.

"잠시 쉬었다가 갑시다!"

명수의 목소리가 빈 공동에 울려 퍼졌다. 방금 전의 전투에서 명수와 다른 A급 헌터가 부상을 입었고 B급 헌터 한 명이 치명상을 입었다. 게다가 던전 진입 6시간을 맞이하고 있었기 때문에 휴식도 필요한 시점이었다.

성준은 파티원들과 조금 떨어진 곳에서 리슈발트를 기다렸다. 그는 성준의 명령을 받고 매복 사실을 확인하기 위해 정찰 행동 중이었다.

-주군.

리슈발트가 돌아왔다.

"내 말이 맞지?"

성준은 작은 목소리로 물었다. 리슈발트는 고개를 끄덕이며 입을 열었다.

-주군의 말씀대로 다수의 마물이 매복하고 있었습니다.

"살기가 느껴지더라고."

-대비 없이 매복과 조우하면 공략팀의 절반이 쓰러질 것으로 보입니다.

리슈발트도 6시간 동안 성준의 뒤를 따라다니며 공략팀이 전투하는 모습을 지켜봤기 때문에 그들의 실력을 가늠할 수 있었다.

"내 생각엔 9할이 죽을 것 같다."

성준은 냉정하게 말했다. 한 번 더 말해볼 수도 있겠지만 그들은 듣지 않을 것이다. 헛수고할 생각은 없었다.

"강성준 씨! 이거 마셔요!"

구석에서 작은 목소리로 리슈발트와 대화를 하고 있는 성준에게 설아가 달려와 뭔가를 건넸다.

캔 커피였다.

"힘드실 텐데, 카페인 마시고 힘내세요."

다른 헌터들도 캔 커피를 마시고 있었다.

"고마워요."

성준도 설아가 준 캔 커피를 마셨다.

"다시 출발합시다."

짧은 휴식이 끝나자 헌터들이 다시 진형을 갖춰 전진했다. 불안하게 감도는 적막감 속에서 오직 성준만이 매복에 대비해 주변을 살피고 있었다.

"성준 씨? 왜 그러세요?"

분주히 주변을 살피는 성준의 모습에 설아가 조심스럽게 물었다.

"아무것도 아니에요."

"너무 긴장하지 마세요. 헤헤."

던전 안에서 대화 몇 마디 나누었다고 설아는 성준의 팔을 툭툭 치며 귀엽게 웃었다.

"매복은 무슨…… 아무 일도 없구만."

A급 헌터 한 명이 코웃음을 쳤다. 그의 시선이 성준에게 향했다.

"뭐야? 왜 칼을 뽑았어?"

성준이 칼을 뽑은 모습에 의심스러운 시선을 보내는 순간이었다. 어둠 속에서 뭔가가 튀어나와 그를 스치고 사라졌다.

"뭐……."

순간 눈동자가 빛을 잃으며 생기가 사라졌다. 잘린 목이 차가운 돌바닥에 떨어져 뒹굴었다. 머리를 잃은 몸이 힘없이 무너져 내렸다.

"매, 매복…… 커헉!"

뒤늦게 매복을 깨닫고 경고를 전파하려 한 B급 보조계 헌터도 흉부를 꿰뚫고 나온 칠흑의 칼날 탓에 말을 끝맺지 못했다.

"암흑 살수다!"

암흑 살수.

A급 마물 중에서도 상위 개체다. 이들의 매복은 눈치채기 힘들기 때문에 A급 헌터들도 두려워하는 마물이었다.

"제기랄! 진짜 매복이 있었다니!"

기찬은 패닉 상태에 빠졌다. 암흑 살수들은 끝없이 나타났다. 모두 모습을 드러냈을 때 그 수는 열아홉에 달했다.

"방어 진형!"

설아의 경호원 역할로 공략팀에 합류한 3명의 B급 헌터가 방어 진형을 갖췄다. 성준은 쓰러진 B급 헌터를 돕기 위해 왼손을 들어 올렸지만 이내 고개를 저었다.

'즉사했군.'

일격에 심장이 파괴되었던 것이다.

"크악!"

비명이 들린 곳으로 성준의 시선이 향했다. B급 헌터 한 명이 암흑 살수 셋에게 전신이 난자당해 쓰러졌다.

"힐!"

숨이 끊어진 것은 아니다. 성준은 서둘러 힐을 시전했다. 백색의 빛이 쓰러진 헌터의 몸에 깃들었다.

마력의 유동을 감지한 암흑 살수 셋의 시선이 성준에게 향했다.

"도, 도와주세요!"

갑작스러운 상황에 설아가 급하게 도움을 요청했지만 기찬과 명수는 암흑 살수들을 상대하느라 도움을 줄 수 있는 상황이 아니었다.

-주군, 옵니다!

성준에게도 암흑 살수가 둘 붙었다. 상대는 A급 마물이다. 성준은 망설임 없이 오러를 끌어 올렸다.

-오러 지속 시간 4분! 카운트하겠습니다!

오러는 모든 것을 잘라냈다.

성준의 시선이 설아에게 향했다. 그녀를 경호원으로 따라온 헌터 둘이 쓰러지고 한 명이 남아서 두 개의 검을 휘두르며 분전하고 있었지만 얼마 버티지 못할 것 같았다.

"힐!"

성준은 힐을 사용하는 것과 동시에 설아를 향해 몸을 던졌다. 힐을 사용했음에도 불구하고 성준이 도착했을 때는 이미 경호원들이 전멸한 뒤였다.

암흑 살수는 설아를 향해 날카로운 단검을 들어 올렸다.

"꺄아아아아아악!"

깨질 듯한 비명이 넓은 복도를 뒤흔들었다. 성준은 그녀의 앞을 막아서며 암흑 살수의 단검을 막았다. 오러가 깃든 칼날에 닿자 단검은 부드러운 두부처럼 잘려 나갔다.

무기를 잃은 암흑 살수가 다른 단검을 꺼내기 위해 품속으로 손을 가져간 순간, 성준은 빠르게 검을 회수하여 찌르기를 감행했다.

파르르르.

머리를 관통당한 암흑 살수가 몸을 떨었다. 그리고 더는 버티지 못하고 검은 '핵'을 남기고 소멸했다.

정령계 마물에게 있어서 핵은 시체와 같은 것이다. 시간이 지나면 시체가 소멸하는 다른 마물들처럼 핵 또한 소멸한다.

"서, 성준 씨……."

경호원들이 쓰러지고 목숨을 위협받는 순간 백마 탄 왕자처럼 나타난 성준을 보며 설아는 눈시울을 붉혔다.

"숙여요!"

"꺄악!"

아직 암흑 살수는 많이 남아 있었다. 성준은 설아가 머리를 숙이게 한 뒤 횡으로 크게 베었다. 무턱대고 접근하던 암흑 살수 셋이 핵을 남기고 소멸했다.

'체력이……'

암흑 살수라는 고위급 마물을 상대하는 것은 쉬운 일이 아니었다. 체력의 소모가 극심했다.

"흡수!"

성준은 체력과 마력을 충전하기 위해 마력 흡수를 사용했다. 남은 핵에서 마력이 흘러나와 그에게 스며들었다. 체력과 마력이 회복되면서 오러 지속 가능 시간 또한 추가되었다. 하지만 암흑 살수들은 여전히 많았다.

성준은 동조율을 1% 정도만 올리기로 마음먹었다. 그는 마력을 끌어 올려 한계를 넘었다.

-동조율 15%입니다! 1% 초월 상태!

리슈발트가 동조율 상황을 보고했다.

15%가 되면서 전신에 힘이 차오르기 시작했다. 고작 1%의 동조율 차이였지만 지금의 성준은 좀 전과는 많이 달랐다. 그가 들어 올린 검이 어둠 속에서 빛나며 휘둘러지자 접근한 암흑 살수들이 힘없이 쓰러졌다.

"흡수."

그는 암흑 살수들을 모두 정리하고 손을 들어 올려 마력을 흡수했다. 소모된 체력과 마력의 일부가 회복되었다.

"으으……."

죽음의 위기를 간신히 벗어나서 그런지 설아는 쉽게 말을 잇지 못했다.

"안심하세요. 다 끝났습니다."

성준은 설아의 머리를 쓰다듬으며 고개를 돌려 주변의 상황을 살폈다. 성준을 제외한 모든 헌터가 쓰러져 있었다.

-사실상 전멸이라고 봐도 좋을 것 같습니다.

리슈발트의 말에 성준도 고개를 끄덕였다. 생각보다 피해가 심각했다.

성준이 생존자를 찾기 위해 서둘러 걸음을 옮기려는 순간이었다.

"자, 잠깐만요……. 저 혼자 두고 가지 마세요……."

활발한 모습을 보이며 던전까지 따라온 그녀도 죽음의 공포 앞에서는 한 명의 여자에 불과했다.

성준은 작게 한숨을 내쉰 뒤 입을 열었다.

"그럼 같이 가요."

"고마워요."

성준은 그녀와 함께 생존자를 찾기 위해 걸음을 옮겼다. 모두 죽어 있었다. 그는 얼마 지나지 않아서 조금 떨어진 곳에 쓰러진 기찬의 시체를 발견할 수 있었다.

"읍……!"

끔찍한 시체의 모습에 설아는 입을 가리고 뒤로 물러났다. 목은 반쯤 뜯겨 있었고 전신에 찔리고 베인 상처가 가득했다. 암흑 살수들에게 난자당한 것 같았다.

"여, 여기요!"

설아의 목소리에 성준은 급히 발걸음을 옮겼다. 그곳에는 명수가 쓰러져 있었는데, 피는 많이 흘렸지만 숨은 붙어 있었다.

"힐."

"크윽……."

성준이 힐을 시전하자 상처가 회복되면서 명수가 의식을 되찾았다.

"으윽…… 엄청 아프네요……."

"아직 상처가 심합니다. 움직이지 마세요."

마력을 쏟아붓고 있었지만 상처가 심해서 회복이 느렸다.

"심…… 한가요?"

"목숨은 건졌으니까 걱정 마세요."

명수의 물음에 성준은 차분한 목소리로 대답했다.

"감사합니다……. 덕분에 살았네요."

명수는 입가에 희미한 미소를 머금은 채 감사를 전했다. 이윽고 상태가 어느 정도 호전되자 그는 몸을 일으켜 주변을 살폈다.

"서, 설마…… 모두……."

"죽었습니다. 저희가 전부예요."

성준이 말했다. 냉정하게 보일 수도 있지만 어차피 알게 될 사실이었다. 미리 알려주는 게 더 도움이 된다.

"아……."

파티가 전멸했다는 사실에 충격을 받은 명수는 쉽게 입을 열지 못했다.

'에이스'는 정규 공략팀 중에서도 유명한 편이었다. 그는 B급 헌터였던 시절부터 기찬과 함께 성장하면서 정규 공략팀을 만들었다. 이 던전에 공략팀 전원이 따라온 것은 아니었지만 기찬과 다른 A급 헌터 한 명을 잃었다는 것은 치명적인 피해였다. 모든 것을 잃었다고 표현해도 좋을 정도였다.

명수가 느끼는 상심은 컸다.

"이제 움직여도 됩니다."

"……감사합니다."

명수는 감사를 표하며 몸을 일으켰다. 치명상을 입었지만 성준이 상당량의 마력을 퍼부어 치유해 준 덕분에 움직이는 데는 지장이 없을 정도로 회복되었다.

"정말 다 죽었네요."

파티원들이 이곳저곳에 쓰러져 싸늘하게 식어가고 있었다.

"공략은 포기해야 할 것 같습니다. 동의하시죠?"

성준이 말했다. 방금 전의 전투가 끝나고 마력을 흡수하면서 동조율이 15%가 되었다는 것을 리슈발트가 확인했다. 하지만 A급 던전의 보스를 격파할 자신은 없었다. 레이팅 점수가 많이 깎이겠지만 목숨을 잃는 것보단 낫다고 생각했다.

"동의합니다."

"레이팅 점수가 아깝기는 하지만 어쩔 수 없죠……"

던전을 나온 세 사람은 택시를 타고 던전 관리국으로 향했다.

설아는 택시 안에서 어딘가로 메시지를 보냈다. 택시가 관리국에 도착하자 검은 정장을 갖춰 입은 남자들이 나타났다.

그 모습을 본 성준은 본능적으로 검에 손을 가져갔다.

"괘, 괜찮아요. 제가 아는 사람들이에요."

아직까지 진정되지 않은 듯, 떨리는 손으로 차문을 열고 나오며 설아가 말했다. 그녀는 힘겹게 걸어가 그들과 합류했다.

"한 가지만 물어봐도 될까요?"

"네."

"저를 먼저 구해준 이유가 있어요?"

설아의 물음에 성준은 입가에 미소를 머금었다.

"커피값이라고 해두죠."

"커피값이요……?"

"농담이고 설아 씨가 가장 가까웠습니다. 충분한 대답이 되었습니까?"

그녀는 힘겹게 미소를 지었다.

"충분해요."

설아는 고개를 끄덕인 뒤 검은 정장을 입은 남자에게 뭔가를 지시했다. 스마트폰 화면을 가리키면서 소통을 한 탓에 무슨 지시인지는 알 수 없었다. 텍스트를 통한 대화가 끝나고 그녀의 시선이 다시 성준에게 향했다.

"레이팅에 대해선 너무 걱정하지 마세요."

그러고는 검은 정장의 남자들의 부축을 받아 검은 세단에 올라탔다.

멀어지는 세단의 뒷모습을 두 눈으로 좇던 그는 명수를 향해 고개를 돌렸다.

"마정석 반납하고 레이팅 점수가 얼마나 깎였는지 확인하러 가죠."

공략에 실패하면 마정석에 대한 소유권을 주장할 수 없기 때문에 반납하거나 던전에 버리고 와야만 했다. 명수는 힘없이 고개를 끄덕였다.

두 사람은 던전 관리국의 사무원을 찾았다.

"레이팅이 얼마나 떨어졌는지 알고 싶습니다."

"잠시만 기다려 주세요."

사무원이 키보드를 두드려 기록을 조회했다. 그리고 성준을 보며 입을 열었다.

"오늘 헌터님의 레이팅 하락은 없습니다."

"레이팅 하락이 없다고요?"

성준은 다시 질문했다.

던전 입구에서 대기하고 있던 직원에 의해 공략 중도 포기에

대한 사실이 보고되었을 것이다. 던전 관리국에서는 중도 포기
에 대한 페널티를 엄격하게 부여하는 편이었다. 레이팅 하락과
마정석 회수 조치가 당연히 있을 줄 알았다. 그런데 오늘 마정
석 회수 조치는 있었지만 레이팅 하락은 전혀 없는 것 같았다.

"네, 오늘 레이팅 하락은 확인되지 않았습니다."

"그렇군요. 감사합니다."

성준은 창구를 나오면서 생각을 정리했다.

마정석을 회수하는 걸 보니 중도 포기 사실이 전달된 것은
확실했다.

그렇다면 왜 레이팅이 떨어지지 않은 것일까?

여러 가설을 세웠지만 해답을 찾을 수는 없었다.

'다음에 생각하자.'

성준은 한 차례 고개를 젓는 것으로 잡념을 털어버렸다. 집
에 도착할 때까지 그는 설아의 마지막 말을 떠올리지 못했다.

"아무래도 신경 쓰여서 안 되겠다."

집으로 돌아온 성준은 찝찝한 기분을 견디지 못하고 스마
트폰을 들어 올렸다. 그리고 관리국에 소속되어 있는 유일한
'인맥'인 현성에게 전화를 걸었다.

-김현성입니다.

업무 시간이 아니었지만 현성은 전화를 받았다.

"업무 시간도 아닌데, 죄송합니다."

-저는 강성준 씨 전화라면 새벽에도 문제없습니다.

이미 헌터 관리국에서는 현성에게 성준과 최대한 접점을 만들라고 지시를 한 상태였다.

-그런데 오늘은 무슨 일이신가요?

"물어볼 게 있어서요."

-제가 아는 거라면 바로 대답해 드리겠습니다.

현성이 대답했다. 자신감 넘치는 목소리는 그에 대한 신뢰가 오르게 만들었다.

성준은 그에게 오늘 있었던 일을 설명했다.

-그런 일이 있었어요?

현성도 처음 들어보는 경우인 것인지 의아한 목소리였다.

-제가 조금 알아봐야 할 것 같습니다. 내일 시간이 괜찮으시다면 알아보고 찾아뵙겠습니다.

한 번이라도 더 많이 얼굴을 본 사람에게 호감이 가는 법이다. 현성은 굳이 전화로 해도 될 문제를 직접 찾아오겠다고 했다.

"내일까지 쉴 생각이었습니다. 이사했는데 바뀐 주소 보내 드릴까요?"

-헌터 관리국에 주소지 이전 사실을 신고하셔서 저도 알 수 있습니다. 하하하.

"그렇군요. 그럼 잘 부탁합니다."

-네, 푹 쉬세요.

전화가 끝나자 물러나 있던 리슈발트가 다가왔다.

-주군, 동조율이 15%가 되었습니다. 다음 각성 던전에 입장할 수 있습니다.

"내일까지는 쉬려고."

-알겠습니다.

리슈발트는 고개를 살짝 숙이며 대답했다.

성준은 그를 보며 입을 열었다.

"15%가 되면서 새로 사용 가능하게 된 능력 있어?"

성준이 물었다. 동조율이 오르면서 살아난 기억을 더듬는다면 새로운 능력에 대한 정보를 얻을 수 있겠지만 리슈발트라는 좋은 설명 기계를 두고 그렇게 하는 것은 정신력 낭비였다.

-잠시만 기다려 주시겠습니까?

리슈발트는 성준의 기억에 접속했다.

-단검에 오러를 부여한 상태로 투척하는 기술을 깨달으셨습니다.

"천천히 시험해 봐야겠네."

전에 살던 곳과는 달리 근처에 산이 없기 때문에 당장 오러 단검 투척을 시험해 볼 장소가 없었다.

"오늘은 이만 쉬어야겠다."

잠자리에 들기에는 이른 시간이었지만 성준은 침대에 몸을 던졌다. 성준은 다음 날 정오를 넘긴 시간에 현성으로부터 한

통의 메시지를 받았다.

[괜찮으시다면 지금 출발하겠습니다.]

성준은 와도 좋다는 내용과 함께 1층 도어의 비밀번호를 답장으로 보냈다.

TV를 보며 여유롭게 시간을 보내고 있던 성준은 초인종 소리에 몸을 일으켰다. 문을 열자 현성이 조심스럽게 안으로 들어왔다. 그는 한 손에 여러 종류의 주스가 담겨 있는 박스를 들고 있었다.

"처음 방문이라…… 집들이 선물이라고 생각하고 받아주세요."

"잘 마시겠습니다. 앉으시죠."

성준은 현성에게 앉을 것을 권했다. 두 사람은 작은 탁자를 사이에 두고 마주 보고 앉았다.

현성이 먼저 입을 열었다.

"아무래도 누군가 상부에 압력을 행사한 것 같습니다."

"압력을 행사해요? 그게 가능합니까?"

성준은 질문을 하면서도 아차 싶었다. 관리국이 무능하다는 사실을 잊고 있었다. 현성은 어색한 웃음을 흘렸다.

"압력을 행사한 주인공이 누구이냐가 중요합니다만 레이팅 조작이 아닌 중도 포기 페널티를 완화하는 것 정도는 불가능한 게 아닙니다."

"레이팅 하락을 막는 것도 레이팅 조작이 아닙니까?"

성준의 물음에 현성은 고개를 저었다.

"설명하기 복잡하지만 조금 다릅니다. 레이팅 조작은 말 그대로 아무것도 하지 않았는데 헌터의 레이팅을 올렸다가 내렸다가 하는 거라서요."

"그러면 누가 페널티를 없애줬는지 알아내셨습니까?"

"그건 제 힘으로는 무리였습니다."

"그렇군요."

성준은 고개를 끄덕인 뒤 음료수를 한 모금 마셨다. 단순한 궁금증으로 알아봐 달라고 한 것이었기 때문에 아쉬움은 없었다.

"그러고 보니 파티에 일반인이 한 명 끼어 있었다고 하셨는데…… 사실입니까?"

"네. B급 헌터 3명을 경호원으로 데리고 왔더군요."

"원래 던전 공략의 일반인 동행은 관리국에서 단속하고 있습니다. 현장에 있던 직원이 제지하지 않던가요?"

던전 입구에서는 언제나 1명 이상의 관리국 직원이 대기하고 있었다. 안전의 이유로 주변에도 보안원들이 순찰을 돈다. 과거에는 이색 체험 목적으로 일반인의 동행이 허가된 적도 있었지만 인명 피해가 많이 발생해서 금지되었다.

"안 말렸어요."

"그렇다면 이미 상부에서 관련 내용을 전달했다는 게 됩니다. 일반인 동행이 원칙적으로 금지되어 있기는 하지만 특수한 목적을 가지고 상부에 특별 허가를 받았다면 동행할 수 있습니다."

현성이 설명했다.

"특별한 목적이라……."

"실례가 되지 않는다면 동행한 일반인의 이름을 알 수 있겠습니까?"

"윤설아였을 거예요."

"이제야 모든 조각이 맞춰지는 것 같습니다."

현성은 음료수병을 깨끗하게 비웠다. 그리고 밝은 표정으로 입을 열었다.

"강성준 씨, 윤설아 씨가 누군지 아십니까?"

"저야 당연히 모르죠."

성준은 고개를 저으며 대답했다. 처음 보는 사람이었고 처음 듣는 이름이었다.

"윤설아 씨는 청룡 그룹 윤태석 회장의 손녀입니다."

"청룡 그룹이라면 마정석과 관련된 사업으로 유명한 대기업 아닙니까?"

청룡 그룹에 대해서는 들어본 적이 있었다. 헌터 닷컴에서도 가끔 언급되는 기업이었다.

"맞습니다."

"그런데 청룡 그룹 회장의 손녀씩이나 되는 사람이 왜 던전에……?"

자세한 사정을 모르는 성준은 이해할 수가 없었다.

"이건 고급 정보입니다만…… 최근 청룡 그룹에서 사업을 확장하려는 기미를 보인다고 합니다."

"헌터 사업에 진출할 생각이랍니까?"

"그럴 가능성이 매우 높습니다. 아마 길드를 만들어서 본격적으로 진출하려는 것 같습니다."

대기업이 길드를 운영하거나 후원하는 경우는 흔했다. 반대로 성장한 길드가 거대한 기업으로 사업을 확장하는 경우도 있었다.

"동행했던 일반인이 윤설아 씨가 맞다면 확실해집니다."

현성이 자신만만하게 말했다. 성준은 말없이 음료수를 입가로 가져가며 생각을 정리했다.

'청룡 그룹이라…….'

조금 귀찮아질지도 모르겠다는 생각이 스쳤다.

저택으로 돌아온 설아는 옷도 갈아입지 않고 침대 위에 힘없이 쓰러졌다.

"할아버지는 바보……."

태석은 아무 일도 없을 거라면서 B급 헌터 3명을 경호원으로 붙여줬지만 모두 죽었을 뿐만 아니라 그녀도 생명의 위험을 느꼈다. 살아서 다행이라는 생각도 들었지만 그동안 믿고 따랐던 태석에 대한 원망이 생기는 것은 어쩔 수 없었다.

"힘들다……. 힘들어……."

죽을 뻔했던 조금 전의 일을 떠올리면 아직도 몸이 떨렸다. 죽음의 공포에서 벗어났다고는 하지만 여전히 충격의 늪에서 빠져나오지 못했다. 강한 정신력으로 간신히 멘탈이 박살 나는 것을 붙잡고 있었지만 불안했다.

당장에라도 암흑 살수라는 이름의 마물이 어둠 속에서 나타나 목을 찌를 것만 같은 기분이 들었다.

"으으으."

결국 그녀는 이불 속으로 숨어들었다. 하지만 그곳에도 어둠이 있는 것은 마찬가지였다. 그녀는 신경질적으로 이불을 치웠다. 그리고 1층으로 내려가 냉수를 마셨다.

차가운 물이 식도를 타고 넘어가자 정신이 맑아지는 것 같은 기분이 들었다.

"아가씨."

정장을 입은 큰 키의 여성이 나타났다. 설아는 그녀가 누군지 알고 있었다. 그녀는 태석의 비서실에서 근무하는 최아라였다.

"최 비서님?"

"던전에서 있었던 일은 보고 받았습니다. 괜찮으십니까?"

"네. 저는 괜찮아요."

설아가 대답했다. 힘들었지만 회사 사람들에게 약한 모습을 보일 수는 없었다.

한편으로는 손녀가 죽을 뻔했음에도 불구하고 자신이 직접 찾아오지 않고 고작 비서를 보낸 태석의 냉정함에 서운한 감정이 들기도 했다.

"던전에서의 일에 대해 확인하고 싶은 게 있습니다."

심지어 손녀의 상태를 보기 위해서가 아니라 일 때문에 비서를 보낸 것 같았다.

"뭐가 궁금하세요?"

"정규 공략팀 에이스의 유일한 생존자인 정명수 씨의 말에 의하면 팀이 전멸하고 강성준이라는 이름의 회복계 헌터가 모든 상황을 정리했다고 들었습니다. 사실입니까?"

"네, 맞아요. 제가 옆에서 봤어요."

설아가 대답했다. 그때의 악몽이 떠오른 것인지 그녀는 눈살을 찌푸렸다.

"회복계 헌터가 확실합니까? 힐을 사용하는 걸 보셨나요?"

아라의 물음에 설아는 대답 대신 고개를 끄덕였다. 성준이 힐을 사용해서 헌터를 치유하는 모습을 똑똑히 보았다.

그녀의 대답에 아라의 표정이 심각해졌다.

"최 비서님, 에이스를 주축으로 길드를 만든다는 계획은 취소해야겠죠?"

청룡 그룹은 길드를 만들려는 계획을 세우고 있었고 선봉으로 정규 공략팀 에이스를 눈여겨보고 있었다.

확인 절차를 위해 길드 계획의 책임자인 설아가 파견되었던 것이었다. 책임자가 직접 나서는 것을 좋아하는 태석의 성격만 아니었다면 고문 역할의 B급 헌터 3명만 파견되었을 것이다.

"네. 길드를 맡을 역량이 되지 않는 것 같습니다."

"그러면 새로운 후보가 정해지면 제가 또 던전에 가야 하나요?"

설아의 목소리에 힘이 없었다. 처음에는 만만하게 생각했던 게 사실이었다. 하지만 들어가고 나서 깨달았다. 던전은 일반인이 가서는 안 되는 지옥이었다.

"그럴 가능성은 낮을 것 같습니다."

"그래요?"

"회장님께 보고하고 결정을 내리겠습니다."

아라의 대답에 설아는 쓸쓸한 미소를 머금은 채 고개를 끄덕였다. 그녀는 길드 계획의 책임자였지만 사실상 지휘는 태석이 하고 있었다.

책임자라는 자리를 준 이유는 태석이 이사회의 견제를 받지 않게 하기 위해서였다.

"올라가서 쉴게요."

"편히 쉬십시오."

설아는 자신의 방으로 돌아갔다.

건장한 체격의 남자가 아라에게 다가왔다.

"임정석 과장님? 여쭤보고 싶은 게 있습니다."

그는 청룡 그룹 보안실의 임정석 과장이었다.

"듣고 있습니다."

"B급 회복계 헌터가 A급 마물 중에서도 상위 개체인 암흑 살수들을 단신으로 정리할 수 있습니까?"

"B급 전투계 헌터라고 해도 불가능합니다. 회복계가 맞습니까?"

정석의 물음에 아라는 고개를 끄덕이며 입을 열었다.

"네, 힐을 사용하는 걸 분명히 봤다고 합니다."

정석은 마른침을 삼켰다. 아라를 보는 그의 눈동자가 지진이라도 난 것처럼 흔들렸다.

"실력을 숨긴 A급 헌터일까요? 회복계 헌터도 호신을 위해 전투 기술을 연마하는 경우가 있다고 들었습니다."

"절대 아닙니다. 호신을 위해서 전투 기술을 익힌다고 해도 회복계는 한계가 분명합니다."

정석은 거칠게 고개를 저었다.

"회복계 헌터가 단신으로 상황을 정리한 게 확실합니까?"

"네. 다른 헌터들은 전멸했었어요."

"맙소사……."

정석의 안색이 창백해졌다. 아라도 뒤늦게 상황의 심각성을 깨달았다.

"아시겠지만 두 가지 계열을 동시에 각성하는 건 불가능합니다. 전투계가 힐이나 마법을 배울 수는 없다는 것이죠."

"그건 저도 알고 있습니다."

"하지만 마법계나 회복계는 검술을 배울 수 있습니다. 특수 능력이 아니기 때문이죠. 하지만 그 한계는 명확합니다."

정석은 잠시 말을 멈췄다. 무거운 침묵이 감돌았다.

참다못한 아라가 먼저 입을 열었다.

"A급 회복계 헌터도 아니라는 말씀이십니까?"

"네. A급이라도 회복계의 신체 능력으로는 다수의 암흑 살수를 처리하기 힘듭니다."

"그렇다면 설마……."

아라의 안색이 창백해졌다. 정석은 고개를 끄덕였다.

"그렇습니다. 어쩌면 16번째 S급 헌터일지도 모릅니다."

한국이 보유한 S급 헌터는 15명이었다.

5장
A급 헌터 힐러님

　9월이 찾아오면서 더위가 물러났다. 성준은 주변 지리도 익힐 겸 산책 삼아 외출했다. 다른 사람들 눈에는 보이지 않는 리슈발트가 뒤따랐다. 오피스텔을 나오자 더위가 물러나면서 찾아온 서늘한 바람이 성준을 맞이했다.

　"리슈발트, 동조율 15%면 A급 헌터 정도는 될까?"

　성준이 물었다. 초월자라고 불리는 A급 헌터는 모두가 꿈꾸는 높은 영역이었다. 보통 헌터의 대우는 좋은 편이지만 A급부터는 정말 차원이 다른 특혜를 받았다.

　물론 A급 헌터들도 실력 차이가 심해서 동급이지만 받는 특혜가 천차만별이었다.

　-직접 확인해 보시는 게 어떻겠습니까?

리슈발트가 대답했다.

20분 정도 주변을 산책한 그는 고민 끝에 헌터 관리국으로 향했다.

"강진혁 씨, 여깁니다!"

미리 연락을 받고 건물 입구에서 기다리고 있던 현성은 택시에서 내리는 성준을 발견하고는 손을 들며 외쳤다.

"오시느라 수고가 많으셨습니다."

"등급 재심사 준비는 끝난 거죠?"

성준의 물음에 현성은 미소를 지은 채 고개를 끄덕였다.

"사무실에서 심사관이 대기하고 있습니다."

"네."

"너무 긴장하지 마세요. A급 승격은 확실하다고 생각합니다."

성준은 현성과 대화를 나누며 사무실로 올라갔다. 그의 말대로 심사관이 사무실에서 성준을 기다리고 있었다. 한 손에는 계측기가 들어 있는 서류 가방을 들고 있었다.

"오늘 헌터님의 등급 재심사를 맡게 되었습니다."

"잘 부탁드려요."

"바로 진행할까요?"

"그렇게 해주세요."

심사관은 서류 가방에서 꺼낸 계측기로 성준을 스캔했다. 이윽고 작업이 끝나자 계측기 화면에 결과가 나타났다.

"A급 헌터가 되신 것을 축하드립니다."

심사관이 성준의 승격 사실을 통보하자 옆에서 지켜보고 있던 현성이 과한 몸짓으로 박수를 쳤다.

"정말 축하드립니다. B급으로 승격한 지 몇 달 만에 A급으로 승격하는 경우는 처음 봅니다, 정말 대단해요!"

현성을 시작으로 사무실에서 업무를 보고 있던 조사팀 직원들도 일어나서 박수를 치며 축하해 주었다.

"내일까지 헌터 자격증을 재발급해 드리겠습니다."

"A급 헌터 자격증 재발급은 며칠 걸리는 걸로 알고 있는데……."

직접 들은 건 아니었지만 헌터닷컴의 베스트 게시글에서 관련 내용을 본 기억이 있었다.

"보통의 경우에는 며칠 걸리는 게 맞습니다. 하지만 이번에는 제가 손을 써둘 생각입니다."

헌터 관리국에서는 성준과의 연결점인 현성에게 몇 가지 권한을 허가했다. 헌터 자격증 재발급에 우선순위를 부여하는 것 정도는 어렵지 않았다.

현성의 말대로 성준은 다음 날 헌터 자격증을 수령할 수 있었다. 현성은 그에게 직접 가져다주고 점수를 얻고 싶어 했지만 바쁜 일이 생겨서 성준이 헌터 관리국으로 찾아와서 수령하게 되었다.

-A급 헌터면 굉장한 경지가 아닙니까?

리슈발트는 A급 헌터 자격증을 살피는 성준을 보며 물었다. 이곳에 대해 많은 것을 배웠다고는 하지만 아직도 모르는 게 많았다.

"굉장한 경지라고 할 수 있지. 5% 안에 들어가니까."

-굉장하군요!

"A급 헌터의 경지는 광범위해서 티어가 나누어지는데, 상위 티어는 국가에서도 함부로 못 해."

대악마 길드의 집행부에 소속되어 있던 상규와 준용 같은 경우에는 A급 헌터 중에서도 최하위권에 속하는 자들이었다. 상위 티어의 실력자들은 말 그대로 초월자라는 단어가 어울릴 정도로 엄청난 무력을 발휘할 수 있다.

-제국과 달리 이곳의 국가는 힘이 약한 것 같습니다.

"헌터를 정규군에 넣을 수 없다는 국제 조약 때문이기도 하지만, 일단 국가의 구성 자체가 제국과는 많이 달라."

성준은 차분하게 설명했다.

-던전 관리국으로 가십니까?

리슈발트의 물음에 성준은 고개를 끄덕였다. 던전 관리국은 헌터 관리국의 바로 옆에 붙어 있었다.

"빨리 각성 던전을 정리하고 싶어서."

-지금 주군에겐 휴식이 필요합니다. 그동안 너무 무리하셨습니다.

리슈발트가 걱정스러운 목소리로 말했다. 마력 흡수는 체력과 마력만 회복시킨다. 정신력의 소모는 자연스럽게 회복되기를 기다려야 했다.

전생의 강인한 정신이 함께하지 않았다면 정신적으로 많이 지쳤을 것이다. '무한동력'이라는 별명을 얻을 수 있었던 것도 다른 헌터들에 비해 지치는 속도가 느려서 그런 것이지 결코 전혀 지치지 않은 것은 아니었다.

"휴식이라……."

나지막이 울리는 휴식이라는 단어에 리슈발트는 고개를 끄덕이며 입을 열었다.

-그렇습니다. 기억이 정확하지는 않지만 이번 각성 던전은 꽤 난이도가 있을 것으로 생각됩니다. 최상의 상태로 공략을 시작하는 게 좋을 것 같습니다.

리슈발트의 말에 성준은 고개를 끄덕였다. 그의 말도 틀린 건 아니었다.

정신적으로 지친 상태면 전력을 발휘하기 힘들다.

"그래, 며칠만 쉬자."

-좋은 생각입니다.

성준은 던전 관리국으로 향하던 걸음을 멈추고 근처에서 택시에 올라탔다. 그리고 오피스텔로 돌아갔다.

냉수를 한 모금 마시고 창가에서 사람들 지나가는 모습을 내려다보고 있던 그는 아버지인 수혁으로부터 전화를 받았다.

"아버지?"

-메시지 답장이 없던데 무슨 일 있니?

수혁의 말에 성준은 서둘러 메시지함을 확인했다. 며칠 뒤에 퇴원한다는 내용의 메시지가 어제 도착해 있었다.

미처 확인하지 못했던 것 같았다.

"제가 답장 보내는 걸 깜빡했네요."

-그럼 다행이네. 메시지 보면 알겠지만 며칠 뒤에 퇴원해서 일주일 정도 지낼 생각이다.

메시지는 그의 상태가 많이 호전된 덕분에 다음 치료를 진행하기 전에 일주일 동안만 퇴원을 허락받았다는 내용이었다. 수혁의 보충 설명에 성준은 안도했다.

"다행이네요. 언제 퇴원한다고 하셨죠?"

-금요일.

"금요일이라……."

성준은 협탁에 놓여 있는 달력을 확인했다. 오늘은 수요일이었다.

"이틀 남았네요. 금요일 오전에 제가 암센터로 갈게요."

-그래, 고생이 많다.

"아버지만 건강해질 수 있다면 아들은 더 고생해도 좋답니다."

통화가 끝났다.

며칠 뒤, 성준은 택시를 타고 한국중앙병원으로 향했다. 성준은 퇴원 수속을 밟고 수혁과 함께 오피스텔로 돌아왔다.

"이사했다는 집이 여기냐?"

"네, 아버지."

"집이 좋네."

현관을 통해 거실로 들어오며 수혁은 미소를 지었다. 혹여나 성준이 곤란해할까 봐 그는 아무것도 묻지 않았다.

그날 저녁, 두 사람은 정말 오랜만에 한 식탁에서 식사를 했다.

"아들."

짧은 침묵을 깨고 수혁이 말했다. 성준은 식사를 잠시 멈추고 수혁을 향해 시선을 옮겼다.

"잠시 고향에 내려갔다 올 생각이다."

"고향에요?"

"그래, 아프고 나서 한 번도 못 가봤잖니."

성준은 고개를 끄덕였다. 수혁이 혈액암으로 투병을 시작한 후로 고향에 내려간 적이 없었다. 아프기 전에는 고향에 자주 내려가서 바다도 구경하고 회도 먹었던 기억이 있었다.

"고향에 내려가는 건 문제가 없는데…… 괜찮으시겠어요?"

수혁의 건강 때문에 성준은 걱정이 앞설 수밖에 없었다. 건강했던 수혁이 갑작스럽게 쓰러졌던 그날이 아직도 생생하게 기억에 남아 있었다.

"많이 나아졌어. 믿기 힘들면 교수님께 전화해 보거라."

"아뇨, 괜찮아요."

성준은 고개를 저었다. 굳이 그렇게까지 할 정도로 수혁을 신뢰하지 못하는 것은 아니었다. 그는 잠깐 동안 고민한 끝에 입을 열었다.

"저도 같이 갈게요."

"같이?"

"네."

어차피 며칠은 쉴 생각이었다.

"그렇게 해라."

아들과 함께 고향에 가는 것을 싫어하는 부모가 있을까?

수혁은 흔쾌히 고개를 끄덕였다. 그리고 다음 날 성준은 바로 헌터 관리국을 방문했다. 휴가를 신청하기 위해서였다.

-휴가라는 것을 신청하면 레이드가 발생해도 소집되지 않는다는 말입니까?

"그래, 혹시라도 고향에 내려갔을 때 레이드가 발생할지도 모르니까 미리 신청은 해보려고. 그런데 조건이 까다로워서 힘들 거야, 아마."

'휴가'는 특수한 몇 가지 조건을 충족했을 때만 부여된다. 그 조건을 맞추는 게 힘들기 때문에 성준은 헌터 관리국을 방문하면서도 크게 기대하지 않았다.

"휴가 처리 완료되었습니다."

예상과 달리 휴가처리는 빠르게 완료되었다.

성준은 모르고 있었지만 헌터 관리국에서는 이미 그를 특급 신인으로 분류해서 주시하고 있는 상황이었다. 가능하면 대부분의 업무에서 편의를 봐주려고 노력 중이었다.

"아버지를 편하게 모시고 싶은데……."

헌터 관리국을 나와 오피스텔로 향하면서 성준은 고민했다. 고속버스를 타고 이동하는 방법이 있지만 수혁의 건강 상태가 좋지 않다 보니 휴게소에 자주 들러야 할 것 같았다.

그는 고민 끝에 한 가지 방법을 떠올릴 수 있었다.

"택시 타고 가면 되겠네."

돈이 들지만 간단한 해결책이었다.

그리고 A급 헌터가 된 성준의 수입이면 한국 남쪽 끝까지 택시를 타고 가는 것도 무리 없었다.

"아버지, 저 왔어요."

"아들 왔어?"

오피스텔로 돌아온 성준은 옷을 갈아입고 수혁의 옆에 앉았다.

"고속버스 예매는 했니?"

수혁이 물었다. 그는 당연히 고속버스를 타고 갈 거라고 생각하고 있었다. 성준은 고개를 저었다.

"아뇨. 택시타고 갈 거예요."

"남해까지 택시를 타고 간다고? 택시비가 엄청 깨질 텐데……"

"괜찮아요. 이젠 그런 거 신경 안 쓰셔도 됩니다."

성준은 단호하게 말했다.

성준은 수혁과 함께 택시에 올라탔다. 두 사람을 태운 택시는 서울을 벗어났다. 고향까지는 4시간이 넘게 걸리는 먼 거리였고, 중간에 휴게소를 많이 들른 탓에 늦은 밤이 되어서야 도착했다.

고향의 집은 팔지 않았다. 그동안 방문하는 일이 거의 없었던 탓에 먼지가 많이 쌓여 있었지만 당분간 지내지 못할 정도는 아니었다.

첫날은 늦었기 때문에 비닐을 깔고 대충 잤다. 다음 날, 성준은 짐을 풀고 생활공간에 쌓여 있는 먼지부터 간단하게 정리를 시도했지만 생각보다 쉽지 않았다.

"안 되겠다."

그는 수혁이 잠을 자는 사이 청소부를 불러 집 안을 깨끗하게 청소하게 했다.

-깔끔해졌습니다.

리슈발트가 말했다.

성준은 입꼬리를 끌어 올리며 말했다.

"그래, 리슈발트. 인생은 아웃 소싱이야."

-아웃 소싱이 무슨 뜻입니까?

많은 것을 배웠다고는 하지만 아직 리슈발트는 모르는 게 많았다.

"좋은 거야."

성준은 대충 대답한 뒤 안방의 문을 조심스럽게 열었다. 수혁은 깊은 잠에 빠져 있었다.

"먹을 거라도 사 올까……."

오랫동안 집을 비워뒀고 그동안 방문도 없었던 탓에 냉장고도 비어 있었다. 성준은 간단하게 장을 봐야겠다고 결심했다.

택시를 잡기 위해 도로로 나온 순간이었다.

-전방에서 강대한 마력 반응입니다!

리슈발트가 급히 보고했다. 성준은 대답 대신 입술을 살짝 깨물었다. 하늘의 일부가 검게 물들고 강대한 양의 마력이 폭풍처럼 쏟아졌다.

피하고 싶었던 일이 터지고 말았다.

"하필 여기서 레이드가!"

레이드 상황이 발생했다.

-주군!

"일단 집으로 가자."

장검 '로엘'을 포함해 던전 공략을 위한 장비를 챙겨 온 게 다행이었다. 격전지로 보이는 곳도 집에서 꽤 멀리 떨어져 있었다.

넓은 도로를 통해 군인들을 태운 수송 차량이 줄지어 격전지로 이동하는 게 보였다. 군대가 이동하기 시작했으니 성준이 수혁과 함께 안전한 곳으로 이동할 때까지 시간을 벌어줄 것이다.

성준은 집을 향해 달렸다.

피난을 권고하는 방송 탓에 수혁은 잠에서 깨서 성준을 기다리고 있었다.

"아버지!"

"무슨 일인데?"

"레이드 상황이 발생했어요. 가야 해요."

"아들은?"

수혁이 물었다. 그는 일반인이었지만 레이드 상황이 발생하면 주변의 헌터들이 소집된다는 사실을 알고 있었다.

"휴가예요."

"휴가?"

수혁은 휴가에 대해서는 잘 몰랐다.

"자세히 설명할 시간은 없는데, 아무튼 지금 레이드에 참여하지 않아도 됩니다. 어서 챙기죠."

사람들이 도망칠 시간을 벌기 위해 군대가 움직였다. 1차 소집된 헌터들이 웨이브를 막지 못해서 격전지가 확대될 가능성도 있었기 때문에 서둘러 움직여야만 했다.

수혁이 겉옷을 입을 동안 성준은 짐을 챙겼다. 짐을 챙기던 성준은 기척을 느끼고 고개를 들었다.

2대 이상의 차량에서 다수의 사람이 내리는 소리였다.

"리슈발트, 손님이 온 것 같다. 나가서 확인해."

-알겠습니다.

리슈발트는 잠시 밖에 나가서 상황을 살피고 돌아왔다.

-5명입니다. 2명은 헌터입니다.

성준은 밖에 모든 정신을 집중했다. 기척은 느껴졌지만 그들은 마당에서 더는 들어오지 않고 있었다.

'기척이 읽혔다는 것을 알고 있다.'

성준이 나오기를 기다리고 있는 것이었다.

"아버지, 짐 챙기고 계세요. 잠깐 나갔다 올게요."

로엘을 챙겨든 성준은 문을 열고 밖으로 나갔다. 마당에는 정장을 입은 남자들이 있었다.

"누구시죠?"

"헌터인 것 같은데…… 레이드 상황이 발생한 지금 피난을 준비하고 있는 겁니까?"

검은 정장과 어울리지 않는 장검을 허리에 찬 남자가 물었다. 선글라스를 끼고 있었지만 성준은 자신을 노려보고 있다는 것 정도는 알 수 있었다.

-정확한 실력을 알 수는 없지만 소유한 마력의 농도와 양으로 볼 때 C급 헌터로 보입니다. 다른 한 명도 마찬가지로 C급입니다.

리슈발트가 보고했다.

성준은 고개를 끄덕였다. 그가 보기에도 헌터로 보이는 두 명의 마력은 특출나지 않았다.

"저는 휴가 중입니다."

"시민들이 죽어가고 있는데 휴가가 중요한가?"

검은 세단의 문이 열리고 중년의 남자가 내렸다. 그는 불쾌하다는 듯한 표정으로 성준을 살폈다.

'내가 A급 헌터라는 걸 모르는 것 같네.'

성준은 피식 웃었다. 그가 A급 헌터라는 사실을 알고 있었다면 고작 C급 헌터 2명을 데리고 와서 이렇게 고압적인 태도를 보이지 않았을 것이다.

레이드 상황이 발생되고 소집된 헌터들로 버티기 힘들 것 같은데 놀고 있는 헌터가 한 명 있다는 보고를 받자 강제로 '동원'하기 위해 찾아온 것 같았다.

"저는 정당한 권리를 행사하고 있는 겁니다. 휴가 상태인 헌터는 그 누구도 강제로 동원할 수 없습니다."

휴가를 부여받으면 그 누구도 간섭할 수 없는 절대적인 휴식 권한을 가지게 된다. 그래서 남용을 막기 위해 절차가 까다롭고 엄격하다.

특수한 목적이 있을 때만 부여되지만 이번에 성준은 헌터관리국의 배려로 어렵지 않게 받을 수 있었다.

"자네, 내가 누군지 모르는가?"

남자는 무거운 목소리로 말했다. 성준은 그를 향해 시선을 옮겼다. 모르는 얼굴이었다.

"당신이 누군지 관심 없습니다. 하지만 방해한다면 가만히 있지 않을 겁니다."

"어린 새끼가 건방지게……!"

리슈발트가 헌터라고 지목했던 두 남자가 일제히 검을 뽑아들었다. 그들은 칼날의 끝을 성준을 향해 겨눴다.

헌터들의 뒤에 서 있는 남자들도 품속에서 권총을 꺼내 겨눴다. 던전과 레이드의 등장 이후, 개인 총기 소지가 합법화되지는 않았지만 예전보다는 총기를 쉽게 목격할 수 있었다.

"방아쇠에서 손 떼라, 죽기 싫으면."

말을 마치며 살기를 개방했다.

"허억!"

"큭!"

성준이 개방한 농도 짙은 살기에 노출된 다섯 명은 짧은 비명과 함께 가슴을 부여잡고 힘없이 쓰러졌다. 다들 다리에 힘이 풀린 것인지 일어서질 못했다.

"다, 다들 왜 그러나!"

살기를 적당히 통제한 탓에 뒤에 있던 중년 남성은 영향을 받지 않았다.

"이, 이봐! 나는 여기 군수 손진웅이다! 날 건드리면 좋은 꼴 보지 못할 거야!"

"너 같이 찌질한 새끼한테는 내 칼이 아깝다."

성준은 그대로 몸을 돌려 집으로 들어갔다. 리슈발트는 손진웅을 노려보다가 곧 뒤따라 들어왔다.

-감히 주군을 협박하려고 하다니…… 제가 이런 몸만 아니었다면 기쁜 마음으로 참수했을 겁니다.

"벌레 같은 놈이니까 신경 쓸 필요 없어."

성준은 수혁과 격전지에서 멀리 떨어진 곳으로 이동했다. 갑작스러운 이동에 수혁이 피곤해하는 것 같았다.

성준은 근처에 있는 모텔로 들어가 수혁을 눕혔다.

"아버지, TV라도 보고 계시겠어요?"

성준은 리모컨의 전원 버튼을 눌렀다. TV가 켜지기 무섭게 도심에서 발생한 레이드 상황에 대한 보도가 흘러나왔다.

초기 대응에 실패하는 바람에 격전지가 확산되고 있었다.

"아들……."

수혁의 시선이 성준에게 향했다.

"전 안 가요."

정중하게 부탁했다면 생각해 봤을 수도 있겠지만 강요와 협박을 당한 탓에 돕고 싶은 마음이 차갑게 식었다.

따리링.

냉장고에서 물을 꺼내 마시던 그는 벨소리를 듣고 스마트폰을 들어 올렸다. 현성이 걸어온 전화였다.

성준은 눈살을 찌푸린 채 전화를 받았다.

"벌써 거기까지 연락이 간 겁니까?"

상대는 정치인이었다. 헌터 관리국에 연락할 것이란 사실은 어느 정도 예상했었다.

-어떻게 아셨습니까? 남해군에서 강성준 씨에 대한 처벌 요청을 해왔습니다.

"정치인들의 생각은 뻔하죠."

-그건 그렇죠.

"그래서…… 저를 처벌하실 겁니까?"

성준이 물었다.

-전혀요. 이번 일로 헌터 관리국 차원에서 강성준 씨에게 불이익을 주는 일은 없을 겁니다.

1초의 망설임도 없었다. 남해군수의 예상과 달리 헌터 관리국은 성준의 편이었다.

"그렇다면 저한테 전화를 거신 건 부탁을 하기 위해서인 것 같은데…… 제 말이 맞습니까?"

레이드 상황 발생과 격전지 확산, 그리고 헌터 관리국과 유일한 연결 고리인 현성에게서 걸려온 전화.

모든 것이 우연일 리가 없었다.

-예리하시네요.

현성은 부정하지 않았다.

-1차 소집된 헌터들이 거하게 실패했습니다. 관리국 지부에서 2차 소집한 공략팀이 도착했지만 격전지가 너무 넓어져서 저지하는 것도 힘들고 차원 관문으로 곧바로 진격하는 것도 힘든 상황입니다.

"저한테 차원 관문의 요격을 부탁하겠다는 말씀이시죠?"

-헌터 관리국에서 보상이 있을 겁니다. 원하시는 게 있으시면 말씀해 주세요.

"저번에 제가 빌렸던 은신 아이템 있죠? 그거 주세요."

성준은 자신의 요구를 분명하게 전달했다.

-치, 칠흑의 장막 말입니까?

현성은 말을 더듬었다. 설마 100억이 넘는 값의 아이템을 요구할 줄은 몰랐던 것이었다.

"제가 안 나서면 남해군은 초토화될 것 같은데요. 도시를 구하는 데 은신 아이템 하나면 싸게 친다고 생각합니다."

-'칠흑의 장막'이 마음에 드셨나 보군요.

"그게 있으면 여러모로 편해질 것 같아서요."

성준은 솔직하게 대답했다. 은신 능력을 갖추면 던전 공략 외에도 여러 방면에서 편하게 활동할 수 있다.

현성도 그 사실을 알고 있었다. 은신 능력은 요인 암살에 특화된 능력이기 때문에 관리국에서는 소유하고 있는 은신 아이템이 밖으로 나돌지 않게 주의하고 있었다.

-강성준 씨를 믿겠습니다.

현성은 짧은 고민 끝에 승낙했다.

상황이 좋지 않기도 했지만 이번 기회에 성준에 대한 헌터 관리국의 신뢰를 보여줄 필요가 있다고 생각했기 때문이다.

"감사합니다. 그리고 마지막으로 요구 사항이 한 가지 더 있습니다."

-말씀해 주십시오.

성준이 또 무슨 조건을 내세울지 모르기 때문에 현성은 긴장할 수밖에 없었다.

"제가 지금 아버지랑 있습니다. 건강이 안 좋으셔서 곁을 지켜줄 사람이 필요합니다."

-아버님을 안전한 곳으로 모실 차량을 보내겠습니다.

이번에는 무리한 요구가 아니었기 때문에 현성은 즉시 행동하기로 했다.

"감사합니다. 그럼 저는 차원 관문을 박살 내러 가겠습니다."

성준은 그 말을 끝으로 전화를 끊었다. 그리고 수혁에게 다가가 상황을 설명했다.

그는 흔쾌히 고개를 끄덕였다.

"잘했다, 아들."

고향이 쑥대밭이 되는 모습에 마음이 편치 않으셨던 모양이었다.

'그러고 보니까 여긴 내 고향이었지.'

성준의 고향이기도 했다.

뒤늦게 이 사실을 깨달았다는 점에서 소름이 돋았다.

'동조율이 높아지면서 감정을 잃어버리는 것일까……?'

충분히 가능성 있는 이야기였다. 전생의 성준은 감정을 모른다는 사실이 어울릴 정도로 냉정한 남자였다.

근처에 있던 헌터 관리국 직원이 차량과 함께 도착했다. 차량은 2대였다. 하나는 성준을 격전지까지 태우고 갈 장갑차였다.

"아버지, 금방 돌아올게요."

"몸조심해라."

성준이 먼저 장갑차에 올랐다.

"바로 격전지로 가겠습니다."

장갑차가 출발했다. 성준은 격전지로 향하는 길에 상황을 보고받았다.

B급 레이드 상황이었지만 웨이브가 중첩되고 격전지가 확대되면서 위험한 상황이라고 했다. 군의 무기로는 마물들을 죽일 수 없기 때문에 시간을 버는 게 고작이었고, 소집된 헌터들은 웨이브가 중첩되면서 마물들이 불어난 탓에 차원 관문까지 전진하지 못했다.

"죄송합니다. 장갑차로는 여기까지가 한계입니다."

"충분합니다."

성준은 장갑차 밖으로 나와 검을 뽑아 들었다.

-리자드맨 정찰대입니다.

리슈발트가 보고했다. 성준도 기척을 느꼈다.

'일곱.'

이윽고 C급 마물인 리자드맨들이 모습을 드러냈다. 성준의 예상대로 7마리였다.

-보병 여섯에 궁병 하나!

리슈발트가 리자드맨 정찰대의 구성을 재빨리 파악한 뒤 보고했다.

성준은 빠르게 그들과의 거리를 좁혔다. 리자드맨 궁병이 화살을 시위에 걸기도 전에 성준이 먼저 선두 리자드맨의 코 앞까지 접근했다.

"키에에에엑!"

어떤 리자드맨이 괴성을 질렀다. 의미는 알 수 없었지만 아마도 동료에게 경고하는 것 같았다.

'늦었어.'

이미 성준의 검은 휘둘러진 뒤였다. 리자드맨은 리빙 아머처럼 몸을 갑옷으로 도배하지 않았기 때문에 굳이 오러를 사용할 필요도 없었다.

서걱.

리자드맨이 피를 쏟아내며 쓰러졌다. 뒤늦게 리자드맨 궁병이 화살을 시위에 걸었지만 성준은 모습을 감춘 뒤였다.

"키에엑!"

리자드맨 궁병의 배후에서 모습을 드러낸 성준은 섬광 베기를 사용했다. 리자드맨 궁병이 비명을 지르며 쓰러지자 뒤늦게 리자드맨들이 창을 겨눈 채 달려들었다. 하지만 성준이 휘두른 검 앞에 힘없이 쓰러졌다.

동조율 15%가 되면서 더욱 빨리진 성준의 검은 감히 C급 마물이 피할 수 있는 정도가 아니었다.

순식간에 리자드맨 정찰대가 전멸했다. 격전지가 크게 넓어진 탓에 마물들은 일부 주력을 제외하며 흩어져 있었다. 성준은 교묘하게 주력군을 피하면서 차원 관문을 향해 천천히 전진했다.

차원 관문의 위치는 먼저 정찰을 갔다 온 리슈발트가 알고 있었다.

"흡수."

성준은 손을 들어 올려 마력을 흡수했다.

또 한 차례 리자드맨 정찰대와의 전투가 있었다. 이곳까지 오면서 몇 번 정찰대와 조우하여 전투가 있었지만 이번에 만난 무리가 21마리 규모로 가장 많았다.

"정찰대의 규모가 점점 늘어나는 것 같지?"

성준은 검에 묻은 피를 털어내며 물었다.

-차원 관문이 가까운 곳에 있습니다.

"레이드 보스와 하수인은?"

-레이드 보스는 스톤 골렘이었습니다. 하수인으로는 리자드맨 주술사와 철갑병들을 부리고 있었습니다.

스톤 골렘은 A급 던전에서 주로 볼 수 있는 마물이지만 가끔씩 B급 던전이나 레이드에서 보스로 등장하기도 했다. 핵을 제외하면 단단한 암석으로 이루어져 있는 탓에 상대하기 까다로운 마물 중 하나였다.

"숫자는?"

성준의 물음에 리슈발트는 조금 전의 기억을 더듬었다.

-리자드맨 주술사가 하나였고 철갑병이 20마리 정도였습니다.

"적당하네."

스톤 골렘을 제외하더라도 하수인으로 B급 마물이 21마리나 있다고 했지만 차원 관문으로 향하는 성준의 발걸음에는 망설임이 없었다.

중간에 20마리 규모의 리자드맨 정찰대와 한 번 마주쳐서 전투를 벌이긴 했지만 큰 방해 없이 차원 관문에 도착했다.

-리자드맨 주술사가 탐색 주술을 펼치고 있습니다.

리슈발트가 보고했다.

"귀찮게 하네."

조금 떨어진 곳에서 상황을 살피고 있던 성준은 눈살을 찌푸렸다. 탐색 마법이나 주술은 시전자의 수준에 따라 효과가 좌우되지만 귀찮은 술수라는 건 분명했다.

-어떻게 하시겠습니까?

"정면 돌파."

성준은 짧게 대답하며 창밖으로 뛰어나가면서 단검을 뽑아 던졌다. 그의 손을 떠난 단검은 리자드맨 주술사를 향해 직선으로 날아갔다.

"키에에에엑!"

리자드맨 주술사는 괴성과 함께 방어 주술을 펼쳤다. 붉은 화염의 방패가 앞을 막았지만 성준이 던진 단검에는 오러가 깃들어 있었다.

화염의 방패는 허무하게 관통당했다. 오러가 깃든 단검은 멈추지 않고 날아가 리자드맨 주술사의 목을 꿰뚫었다.

"키엑!"

리자드맨 주술사가 짧은 비명과 함께 쓰러지자 두꺼운 갑옷을 입은 리자드맨 철갑병들의 시선이 단검이 날아온 방향으로 향했다.

그곳에 성준이 있었다.

"와라."

성준은 간단한 손짓으로 그들을 도발했다. 말은 통하지 않지만 도발은 먹혀들었다. 리자드맨 철갑병들이 달려왔다.

-구워어어어어.

차원 관문 옆을 지키고 있던 스톤 골렘도 기묘한 울음과 함께 3m에 이르는 거대한 몸을 일으켰다.

"평범한 스톤 골렘이 아닌 것 같은데……?"

과거에 만났던 스톤 골렘은 불규칙한 암석으로 구성된 투박한 모습이었다. 하지만 지금 차원 관문을 지키고 있는 골렘은 규칙적인 크기의 암석으로 이루어져 있을 뿐만 아니라 익숙한 문장이 그려져 있었다.

"저거 설마……."

성준이 문장의 정체를 알아본 순간이었다. 골렘의 가슴에서 광선이 뿜어져 나왔다.

-주군!

리슈발트가 날카로운 목소리로 경고했다. 성준은 옆으로 몸을 던져 피했다. 방금 전까지 성준이 서 있던 곳이 완전히 녹아버렸다.

"저거 어디서 많이 본 것 같은데……:"

문장은 제국의 것이 확실했지만 골렘을 어디서 본 것인지 정확한 기억은 떠오르지 않았다. 하지만 리슈발트는 기억하고 있는 것인지 차분한 표정으로 입을 열었다.

-제국의 공성 부대에서 운용하는 스톤 골렘입니다. 방금 흉부에서 사출된 광선포는 마법과는 다른 구조기 때문에 오러로 방어하기 힘듭니다.

"맞으면 아플 것 같아."

-하지만 충전 시간이 길어서 주군이라면 충분히 격파할 수 있을 겁니다.

리슈발트의 설명에 성준은 대답 대신 고개를 끄덕였다. 리자드맨 철갑병들이 시간을 벌기 위해 달려오고 있었다.

"회수."

성준이 손을 들어 올리며 시동어를 내뱉자 '되돌아오는 증오'가 왼손에 쥐어졌다. 성준은 그것을 지휘관으로 보이는 리자드맨 철갑병에게 던져 머리통을 맞췄다.

"키에에엑!"

"캬아아악!"

마물들도 명령 체계가 존재한다. 순식간에 지휘관을 잃은 리자드맨 철갑병들이 짧은 순간 당황하는 것을 성준은 놓치지 않았다. 그는 적들 사이로 달려들면서 쉬지 않고 검을 휘둘렀다.

로우켈의 실전검.

급소를 노리는 듯한 속임수를 교묘하게 섞으면서 고통이 가장 크게 느껴지며 행동을 저하시키는 부위를 노려 적을 전투 불능으로 만드는 실전 검술.

제국의 기사들도 쉽게 당해낼 수 없었던 검술을 리자드맨 철갑병 따위가 당해낼 수는 없었다. 검으로 막으려고 시도해 봤자 오러 앞에선 종이나 마찬가지였다.

20마리의 리자드맨 철갑병이 전멸하기까지 1분이 걸리지 않았다.

"흡수!"

성준은 오러의 지속 시간을 충전하기 위해 마력을 흡수하는 것도 잊지 않았다.

이윽고 성준의 시선이 골렘에게 향했다.

-구워어어어.

성준의 살기 어린 시선을 느낀 것일까? 골렘은 길게 포효하며 전투 자세를 갖췄다. 아직 흉부의 광선포를 사용할 정도로 마력이 충전되지는 않은 것 같았다.

-구워어어어!

골렘은 성준의 속도를 보고 마력 충전을 포기했다. 골렘이 양팔을 들어 올리자 수십 개의 칼날이 돋아났다. 골렘은 성준의 주변을 한 차례 훑더니 몸을 숙이며 양팔을 휘둘렀다. 퇴로

를 차단하기 위한 적극적인 공격이었지만 성준은 한 번의 도약
으로 골렘의 정수리에 도달했다.

정수리에는 핵이 있다.

골렘은 크게 당황하여 양팔로 머리를 막았지만, 성준이 핵
을 향해 내려찍는 게 훨씬 빨랐다.

-골렘의 기능이 정지합니다!

핵이 파괴되었다. 리슈발트가 골렘의 기능이 정지한 사실을
확인하자마자 성준은 다시 도약하여 골렘과의 거리를 벌렸다.

"흡수."

성준은 골렘의 잔해에서 마력을 흡수했다.

그의 시선이 리슈발트에게 향했다. 따로 말하지 않았지만
그는 성준이 하고 싶은 말을 눈치챘다.

-동조율은 1%가 올라서 16%가 되었습니다.

"좋아."

성준은 만족스러운 표정으로 고개를 끄덕였다.

-새로운 아이템의 존재를 확인.

-새로운 아이템의 존재를 확인.

계측기가 반응했다.

-로엘의 아이템 등급이 오른 모양입니다. 하나는 골렘이 남

긴 것 같습니다.

리슈발트가 말했다.

골렘의 잔해가 소멸하면서 그 자리에 붉은 구슬 모양의 뭔가가 남았다. 레이드 상황에서 마정석은 균등 분배를 위해 헌터가 소유권을 행사할 수 없지만 아이템은 달랐다.

성준은 우선 자신의 검, 로엘에 먼저 계측기를 가져갔다.

[깨어난 로엘]

C급.

경량화 효과 확인.

출혈 저주 효과 확인.

잠재 능력 확인.

전생 각성 효과 확인.

추가된 옵션은 없었다. 그저 기존의 옵션들이 승격과 함께 강화된 것 같았다. 로엘의 상태를 확인한 성준은 골렘의 잔해가 있었던 곳에 떨어져 있는 붉은 구슬을 주워들었다.

[알 수 없는 핵]

알 수 없음.

예상대로 계측기를 사용한 감정은 불가능했다. 성준은 말없이 리슈발트를 향해 붉은 구슬을 내밀었다.

-감정하겠습니다.

리슈발트는 성준이 들고 있는 아이템에 손을 가져갔다. 그리고 마력을 흘려보냈다.

-감정이 끝났습니다.

리슈발트가 보고했다. 성준은 다시 계측기를 가져갔다.

[마력의 핵]

B급.

폭발 효과 확인.

"폭발?"

성준은 아이템의 효과를 소리 내서 읽었다.

-정확한 폭발 범위는 알 수 없지만 응축된 마력의 농도로 볼 때 위력이 꽤나 강력할 것으로 추정됩니다.

"가지고 있으면 언젠가는 쓸모가 있겠지."

성준은 '마력의 핵'을 주머니에 챙겨 넣었다. 손바닥 안에 들어올 정도로 작은 크기였기 때문에 공간을 많이 차지하지 않았다.

성준은 차원 관문을 유지하고 있는 수정을 서둘러 파괴했다. 수정이 파괴당하자 차원 관문이 닫혔다.

-마물들이 역소환되고 있습니다.

리슈발트의 보고에 성준은 대답 대신 고개를 끄덕이며 주머니에서 스마트폰을 꺼냈다.

"은신 아이템 준비해 두세요."

보상을 받을 차례였다.

❧

레이드 웨이브를 제대로 막지 못한 탓에 고향의 도심은 엉망이 되었다. 성준이 개입하지 않았다면 하나의 도시가 전멸할 뻔한 심각한 상황이었다.

도시 분위기도 엉망이었기 때문에 성준은 아버지인 수혁을 데리고 예정보다 일찍 서울로 돌아왔다.

성준은 수혁이 다시 치료를 받기 위해 입원할 때까지는 잠시 던전 공략을 쉬기로 했다. 계좌에 돈은 넉넉하게 있어서 걱정이 없었다.

-헌터 관리국에 가십니까?

수혁이 잠든 사이, 외출을 서두르는 성준을 보며 리슈발트가 물었다.

"그래, 받을 게 있으니까."

성준은 택시를 타고 헌터 관리국으로 이동했다. 현성이 연락을 받고 입구에서 기다리고 있었다.

"강성준 씨!"

"가지고 나오셨죠?"

성준의 물음에 현성은 고개를 끄덕였다.

그는 품속에서 은신 아이템, 칠흑의 장막을 꺼내 성준에게 건네며 입을 열었다.

"제가 무슨 말을 할지 알고 계시죠?"

"던전 밖에서 제가 먼저 사용하는 일은 없을 겁니다."

성준의 대답에 현성은 한숨을 내쉬며 나직히 말했다.

"그럼 조만간에 사용하게 될지도 모르겠네요……."

"그게 무슨 말입니까?"

"저도 오늘 들은 이야기입니다만…… 남해군수가 살인청부업자를 찾고 다니는 것 같습니다."

"살인청부업자요?"

성준의 물음에 현성은 고개를 끄덕였다.

강력한 힘을 지닌 헌터들은 던전만 공략하며 사는 게 아니었다. 헌터 관리국에 소속되어 같은 헌터를 제압하기도 하며, 민간 군사 기업에 취직하기도 했다. 그리고 뒷골목으로 숨어들어가서 살인청부업자로 살아가기도 했다.

"확실한 정보입니까?"

"네. 다만, 정치권이 연루되어 있어서 저희가 나서기는 힘듭니다."

국가도 힘이 없지만 관리국은 더욱더 힘이 없었다. 정치인이 연루되면 개입하기 힘들었다.

"누구를 고용한답니까?"

"A급 헌터를 한 명 고용했다고 합니다. 다음 주쯤에 움직일 것 같습니다. 자세한 건 저희도 파악하지 못했습니다."

정치권이라고 해도 고용할 수 있는 헌터의 한계는 A급이다. 한국에 15명밖에 없는 S급 헌터들은 국가조차 발아래 두고 있었다.

"살인청부업자의 사무실이 어디쯤 있는지 알고 계십니까?"

"위치는 파악했습니다만, 이번에는 저희가 증거 조작에 힘쓸 수 없습니다."

현성이 대답했다.

증거 조작 또한 개입에 포함되는 행위였다.

"먼저 움직이면 역공당할 수도 있습니다."

남해군수가 먼저 비겁한 수를 쓸 수도 있다는 말이었다. 하지만 성준은 자신만만한 표정으로 고개를 저었다.

"됐고, 주소나 주세요."

"아, 알겠습니다."

현성에게 주소를 받은 성준은 어딘가로 전화를 걸었다.

"접니다. 주소 하나 보내 드릴 테니까, 가서 쓸어버리세요."

6장
암투

　던전과 레이드의 등장은 안정된 현대 사회를 혼란스럽게 만들기에 충분했다. 국가는 힘을 잃었고 헌터들이 권력을 잡았다.

　각성과 함께 강대한 힘을 얻게 된 헌터들은 두 가지 부류로 나뉘었다. 던전을 공략하고 레이드를 방어하며 빛의 세계에서 활동하는 이들과 막대한 부와 어둠의 영광을 쫓아 뒷골목으로 숨어든 자들.

　A급 헌터 조동철은 후자에 속했다.

　"확실하게 처리해 주시면 감사하겠습니다."

　늦은 밤에 은밀하게 동철과 접촉한 남자는 확인하듯 재차 물었다. 그는 남해군수 손진웅이 보낸 비서였다.

　"입금만 확실하게 하세요."

어둠이 내린 늦은 시간임에도 불구하고 검은 선글라스를 낀 동철은 대답과 함께 주변을 한 차례 살폈다. 어디선가 낯선 기척이 느껴지는가 싶었지만 정신을 집중하니까 이상한 점을 찾을 수 없었다.

'기분 탓인가……'

그는 고개를 저었다. 단순한 착각이라고 생각했다. 하지만 그 생각이 틀렸다는 것을 곧 깨닫게 되었다.

슉!

"으악!"

어디선가 얼음 창이 날아왔다. 동철은 옆으로 몸을 던졌고 얼음 창은 그의 정면에 있던 비서의 심장을 꿰뚫었다.

그는 고통에 찬 비명과 함께 힘없이 쓰러졌다.

동철은 빠르게 주변을 살폈다. 검은 그림자들이 하나둘씩 모습을 드러내고 있었다.

"변형!"

동철이 손을 들어 올리며 외쳤다. 오른손에 끼고 있던 반지가 빛무리가 되어 흩어지더니 손아귀에 모여들어 기다란 창이 되었다.

"와라!"

동철은 창을 휘두르며 호기롭게 외쳤다. 하지만 그 자신감은 오래가지 않았다. 어둠 속에서 9명의 헌터가 모습을 드러내자 그도 긴장할 수밖에 없었다.

'한 번에 9명이나? 대형 길드의 집행부가 움직인 건가……?'

동철은 마른침을 삼켰다. 9명에게서 느껴지는 마력의 양이 적지 않았다. 이 정도 수준을 지닌 헌터들을 동원할 수 있는 곳은 대형 길드의 집행부나 거대 민간 군사 기업밖에 없었다.

그는 어딘가 원한을 산 곳이 있나 싶어서 기억을 더듬어봤지만 마땅히 떠오르는 곳은 없었다.

"어디 놈들이냐? 솔직하게 말해!"

"어차피 죽을 놈이니까 상관없겠지."

"우리는 하운드 길드 집행부다."

집행부의 간부가 정체를 밝혔다. 동철은 기억을 더듬었지만 하운드 길드에게 원한을 살 만한 일은 떠오르지 않았다.

"애쓸 필요 없다. 이제 곧 편해질 테니까."

하늘에서 날카로운 얼음 조각이 쏟아졌다.

"크윽!"

옆으로 몸을 던졌지만 십여 개의 얼음 조각이 하체에 박혀 들었다. 동철은 고통에 찬 신음을 삼키며 몸을 일으켜 다음 공격에 대비했다.

검을 든 집행부 헌터 셋이 거리를 좁혀오고 있었다. 이윽고 바쁘게 움직이는 그의 시야에 마법게 헌터로 보이는 여성이 포착되었다.

"하앗!"

동철이 기합과 함께 마법계 헌터를 향해 창을 내찔렀다. 창 끝에서 시작된 오러가 투사체로 발사되어 마법계 헌터의 목을 노렸다.

"조심해!"

헌터 한 명이 몸을 날려 마법계 헌터를 밀쳐냈다. 덕분에 그녀는 동철이 쏘아낸 오러 투사체를 피했다.

"제기랄!"

공격이 빗나가자 동철은 욕설을 내뱉었다. 나름 회심의 일격이라고 생각했지만 보기 좋게 빗나가고 말았다.

"다행히 실력자는 없나……?"

모습을 드러낸 헌터 중에서 자신과 동급으로 보이는 실력자가 없다는 사실을 파악한 동철은 안도했다.

하지만 곧 뒤에서 느껴지는, 살기를 머금은 싸늘한 기척에 생각을 고쳐먹을 수밖에 없었다.

"과연 그럴까?"

동철의 배후를 잡은 피곤해 보이는 얼굴의 남자가 동철의 등에 단검을 쑤셔 넣었다. 동철이 입고 있는 가죽 갑옷은 오러를 막아내기엔 역부족이었다.

"커헉!"

일격에 치명상을 입은 동철은 붉은 피를 토해냈다.

"도, 도대체 왜……."

"살인청부업자는 원한을 살 일이 많지."

배후의 남자는 동철의 머리를 잡아당겨 고개를 젖히게 만들었다. 척추를 관통하는 치명상을 입은 탓에 동철은 참수당할 것이란 사실을 알면서도 저항조차 못 했다.

"무덤에서 잘 생각해 봐, 네가 누굴 건드렸는지."

오러를 머금은 칼날이 동철의 목 깊숙이 스며들었다. 붉은 피가 솟구치고 동철은 힘없이 쓰러졌다.

"집행부장님, 감시 카메라는 완벽하게 장악했습니다."

"시체는 어떻게 처리합니까?"

집행부 헌터의 물음에 집행부장 강산호는 입꼬리를 끌어 올렸다.

"VIP께서 시체를 원하신다. 포장해."

다음 단계의 치료를 진행하기 위해 수혁이 다시 병원에 입원했다.

대악마 길드의 경우처럼 남해군수가 수혁을 노릴 수도 있다고 생각한 성준은 세라핌 길드에 경호를 요청했다.

"강수혁 씨의 안전은 걱정하지 않으셔도 됩니다. 얼마 전에 있었던 대악마 길드의 일 때문에 불안해하는 분이 많이 계셔서 경비 인력을 강화하려던 참이었습니다. 강수혁 씨에겐 저희가 추가 인원을 배치하겠습니다."

세라핌 길드의 운영실장은 성준의 요청에 흔쾌히 고개를 끄덕여 주었다. 덕분에 성준은 수혁의 안전과 관련된 문제에서는 어느 정도 마음을 놓을 수 있었다.

수혁의 안전 문제를 해결한 성준은 남해군수 손진웅의 문제에 대해 현성과 의논하기 위해 헌터 관리국으로 향했다.

"기다리고 있었습니다."

현성이 건물 입구에서 기다리고 있었다. 택시에서 내린 성준은 현성과 함께 헌터 관리국 건물 뒤편의 그늘진 곳으로 갔다.

"손진웅이 고용한 헌터 조동철이 살해당했습니다. 용의자를 특정할 수 있는 증거는 전혀 발견할 수 없었습니다."

현성은 자신이 오늘 오전에 보고받았던 내용을 성준에게 전달했다.

"강성준 씨, 그날 누구한테 전화를 걸었던 겁니까?"

"하운드 길드에 연락했었습니다."

"역시 그랬군요."

대악마 길드가 무너지면서 하운드 길드가 상위권 길드에 진입한다는 오랜 염원을 이뤘다. 하운드 길드에서는 그 보답으로 집행부의 지원을 약속했었다.

현성은 자세한 내막을 알진 못했지만 다소의 정황을 추정하는 것은 어렵지 않았다.

"남해군수를 죽일 생각입니까?"

현성의 물음에 성준은 고개를 저었다.

"죽일 생각이었다면 그놈은 지금쯤 장례를 치르고 있었겠죠."

기척을 지우는 건 자신 있었고 은신 아이템까지 얻었다. 그리고 성준은 죄책감을 느끼는 성격이 아니었다. 자신을 건드린다면 피의 징벌을 가할 준비가 되어 있었다.

"그 말씀은⋯⋯?"

"제가 살인을 좋아하는 것도 아니고 적당히 멈춰준다면 저도 죽일 생각은 없습니다."

남해군수가 A급 헌터였다면 동조율을 올리기 위해서 죽였을 것이다. 하지만 그는 일반인이었고, 하운드 길드가 물어다 준 정보에 의하면 경호원으로 데리고 다니는 헌터들의 수준도 낮은 편이라고 했다.

일이 커져도 귀찮기만 하고 동조율을 올리는 것엔 큰 도움이 되지 않을 것이다.

"하지만 남해군수는 쉽게 포기하지 않을 겁니다. 정치인들은 자존심이 강하거든요."

현성은 남해군수를 진심으로 걱정하고 있었다. 그는 성준의 편이었지만 정치권을 건드리면서 일이 커지는 건 바라지 않았다.

그는 남해군수의 성격에 대해 잘은 모르지만 정치인들이 자존심이 강하다는 것 정도는 알고 있었다. 그리고 성준은 남해군수 손진웅의 자존심을 건드린 것이나 마찬가지였다.

"팀장님."

복잡한 표정의 현성을 보며 성준은 미소를 지었다.

"정치인은 자존심이 강하지만, 지킬 게 많은 만큼 잃는 것을 두려워합니다."

현성은 성준의 말을 부정할 수 없었다. 그들은 가진 게 많은 만큼 잃는 것을 두려워했다. 특히 손진웅과 같은 부류는 자존심을 건드리면 강하게 공격해 오지만 그 상대가 너무나 거대한 적이라면 가진 것을 지키기 위해 숙일 줄도 알았다.

"하지만 살인을 위해 A급 헌터를 고용할 정도면 강성준 씨를 감당할 수 있다고 생각한 게 아니겠습니까?"

현성은 냉정하게 상황을 판단했다. 애초에 진웅이 성준을 감당하지 못하는 상대로 인지했다면 A급 헌터를 고용하는 만행을 저지르지는 않았을 것이라는 게 현성의 생각이었다.

성준이 설명하기 위해 입을 열려는 순간 벨소리가 울렸다. 성준은 스마트폰을 꺼내 귓가로 가져갔다.

"그대로 진행하세요."

짧은 한마디와 함께 통화가 끝났다. 현성은 설명을 부탁한다는 표정으로 성준을 보았다.

"이제 많은 게 달라질 겁니다."

성준은 자신감 넘치는 표정으로 말했다. 그 모습을 본 현성은 오히려 일이 커질지도 모른다는 생각에 불안해졌다. 현성의 표정에 그런 생각이 훤히 드러났기 때문에 성준은 그의 속내를 쉽게 읽을 수 있었다.

"걱정하시는 것만큼 일이 커지진 않을 겁니다."

성준은 장담했다.

"저와 헌터 관리국은 강성준 씨를 믿습니다. 참으라고는 말하지 않겠습니다. 다만, 조용하게 해결해 주세요."

현성은 은연중에 헌터 관리국이 성준의 살인을 묵과할 수도 있다는 뜻을 내비쳤다. 헌터 관리국이 얼마나 성준에게 점수를 따려고 혈안이 되어 있는지 알 수 있는 모습이었다.

강한 헌터는 곧 권력이다. 헌터 관리국은 성준이 자리를 잡기 전에 그에게 호의를 베푸는 것으로 훗날 그와의 연결 고리를 만들려 하고 있었다. 아마 때가 되면 헌터 관리국 소속으로 영입을 시도할 것이다.

헌터 관리국도 설립 초기의 영광을 그리워하고 있으니까.

"아마 이번에는 제가 나서는 일은 없을 것 같습니다."

대화가 끝났다.

현성과 헤어진 성준은 택시를 타고 오피스텔 앞에 내렸다. 누군가 그를 기다리고 있었다.

"강성준 씨."

일반인과는 확연하게 다른 복장, 그는 헌터였다.

"하운드 길드에서 나오셨습니까?"

"집행부장님께서 보내셨습니다."

헌터의 말에 성준은 고개를 끄덕이며 주변을 살폈다. 다행히 근처를 걷는 사람의 수는 적었다.

헌터 역시 주변을 살피더니 성준에게 한 걸음 다가갔다.

"택배를 전달했습니다."

"수고하셨습니다."

"그리고 집행부장님께서 전달해 달라고 한 게 있습니다."

전화로 이야기하기는 곤란해서 사람을 보낸 것 같았다.

"말씀하세요."

"손진웅이 직접 움직이면 집행부도 더 이상 도울 수 없다고 하셨습니다."

헌터 관리국과 마찬가지로 하운드 길드 또한 정치계와 정면으로 엮이는 것은 원치 않았다. 헌터의 말에 성준은 입꼬리를 슬쩍 끌어 올렸다.

"걱정하지 마세요. 군수가 직접 나서면 다른 분들 도움 안 받고 제가 움직일 겁니다."

성준은 강한 의사를 드러냈다. 경고가 먹히지 않는다면 징벌을 가할 생각이었다. 어떤 방식이 될지는 모르겠지만 진웅의 입장에서 볼 때 결코 유쾌한 상황은 아닐 것이다.

하운드 길드 집행부의 헌터는 대화가 끝나자 정중하게 고개를 숙였다. 그리고 주차되어 있던 차를 타고 떠났다.

"리슈발트."

성준은 멀어져 가는 차의 뒷모습을 보며 리슈발트를 불렀다. 곁에서 대기하고 있던 충직한 영혼 부관이 한 걸음 다가왔다.

-부르셨습니까?

"경고가 잘 먹힐 거라고 생각해?"

-궁금하시다면 제가 정찰을 할 수도 있습니다.

"그래주겠어?"

-주군께서 명하신다면, 바로 행동하겠습니다.

리슈발트의 말에 성준은 미소를 지었다.

"다녀와."

유감스럽게도 리슈발트는 남해군수 손진웅이 직접 택배를 수령하는 모습을 보지 못했다. 보내는 사람의 이름이 적혀 있지 않았기 때문에 경호원들이 먼저 검열을 한 탓이었다.

물론 상자 안에 진웅이 보낸 비서와 동철의 잘린 머리가 들어 있는 것을 본 경호원들은 기겁했다.

택배는 전달되지 못했지만 그런 내용물이 들어 있는 택배가 왔었다는 사실은 진웅에게 보고되었다.

"그 새끼가 내 비서와 조동철을 죽였다는 말이지?"

보고를 받은 진웅의 언성이 높아졌다.

그는 자신이 무시당했다는 생각에 감히 복수를 생각했다.

시체를 직접 보지 않은 탓에 충격이 크지 않았고, 분노가 판단력을 흐린 탓에 A급 헌터가 살해당했다는 게 얼마나 위험한 상황인지 인지하지 못했다. 그가 다른 정치인들에 비해 젊고 다혈질인 탓도 있었다.

"죽여."

분노로 인해 통통한 턱살이 떨리고 있었다.

"네?"

"죽이라고! 무슨 방법을 써서든!"

집무실 안에서 대기하고 있던 보좌관이 잘못 들었나 싶어 되물었지만 돌아오는 건 단호한 대답뿐이었다.

"A급 헌터를 또 고용하기엔 군수님의 재산이……."

"얼마 전에 국고보조금 들어왔지? 그거 빼돌려."

보좌관의 안색이 창백해졌다. 국고보조금에 손을 댈 생각을 하다니, 지금 그는 정신이 나간 것 같았다.

아니, 정신이 나간 게 확실했다.

"국고보조금에 손을 대면 돌이킬 수 없습니다."

"부족한 재정은 나중에 다시 채워 넣으면 돼. 하지만 지금 상황에서 먼저 굽히면 내 정치 인생은 끝이야!"

"당에서 알면 가만히 있지 않을 겁니다."

"내가 고개를 숙이면 당도 무시당할 거다. 확실하게 죽이고 본보기로 삼아야 해."

진웅의 말에 보좌관은 고개를 저었다. 대화가 통하지 않았다. 그리고 묵묵히 두 사람의 대화를 지켜보고 있던 리슈발트는 조용히 모습을 감췄다.

정찰병의 역할을 훌륭히 수행하고 오피스텔로 돌아온 리슈발트는 성준에게 자신이 보고 들은 것을 하나도 빠짐없이 모두 보고했다.

"국고보조금까지 건드리면서 나를 죽이려 한다고?"

성준의 물음에 리슈발트는 분한 표정으로 고개를 끄덕였다.

-제가 유령이 아니었다면 그 자리에서 참수했을 겁니다!

리슈발트의 뇌는 성준에 대한 충성심으로 이루어져 있다. 물리력을 행사할 수 없는 유령의 몸이라는 사실이 가끔씩은 그의 마음을 아프게 했다.

"조용히 살려고 하는데 왜 이렇게 나를 자극하는 건지 모르겠다."

성준은 짧은 한숨과 함께 고개를 저었다.

-어떻게 할 생각이십니까?

"당분간 손진웅을 감시해. 그리고 그놈이 국고보조금에 손을 댄 순간 나한테 보고해라."

국고보조금을 횡령하면 '죄인'이 된다. 그리고 대부분의 경우, 여론은 범죄자의 편이 아니었다.

성준은 자신의 존재가 드러나더라도 피해를 최소화하기 위해 진웅이 국고보조금에 손을 대고 난 후 움직이려는 것이었다.

-만약 그가 국고보조금에 손을 댄다면…….

"이번에는 내가 직접 나설 거야."

성준은 리슈발트에게 단호한 의지를 전했다.

-바로 행동하겠습니다.

리슈발트는 성준의 명령에 따르기 위해 손진웅의 집으로 떠났다. 먼 거리였지만 성준에게 공급받은 마력이 충분했기 때문에 금세 도착했다.

리슈발트를 보내고 다음 날 아침이 되었다. 샤워를 끝내고 아침을 먹고 있던 성준은 현성의 전화를 받게 되었다.

-시간 괜찮으시다면 제가 찾아뵈어도 되겠습니까?

현성이 정중하게 물었다.

"오피스텔 바로 앞에 있는 카페에서 기다리고 있을게요."

-감사합니다, 최대한 빨리 가겠습니다.

성준은 먼저 카페에 도착해서 현성을 기다렸다. 조금 기다리니 현성이 카페 안으로 들어왔다. 그는 두리번거리더니 성준을 발견하고 그의 앞에 앉았다.

"오늘은 또 무슨 일이세요?"

진웅이 목숨을 노리고 있었지만 성준은 여유로운 표정으로 커피를 마시며 물었다.

"괜찮으십니까?"

"안부나 물어보려고 온 건 아니죠?"

"하하하, 예리하시네요."

성준의 물음에 현성은 애써 웃음을 흘리며 대답했다. 그는 한 차례 주변을 살펴 사람들이 없는 것을 확인하고는 입을 열었다.

"뉴스가 조용한 걸 보니, 아직 안 움직이신 거죠?"

성준은 대답 대신 고개를 끄덕였다. 아직 피의 축제가 벌어지지 않았다는 사실에 현성은 안도했다.

"강성준 씨, 저희가 다리를 놓아드릴 테니까 관계 개선을 해 보시는 건 어떻겠습니까? 던전 사태 이후로 국가가 무능하다고는 하지만 정치계와 싸워서 좋을 게 없습니다."

"역시 설득하러 오신 건가 보네요."

성준의 물음에 현성은 대답하지 않았다. 헌터 관리국 입장에서는 성준을 잃고 싶지 않았다.

"팀장님."

성준은 차분한 목소리로 말했다. 갑자기 달라진 분위기에 현성은 긴장했다.

"마, 말씀하세요."

"간 보지 마세요. 저 그런 거 별로 안 좋아합니다."

"무슨 말씀이신지……."

"제가 무슨 말을 하는지 잘 아실 텐데요? 편을 확실하게 정하란 말입니다."

성준의 직언에 현성은 헌터 관리국의 입장에서 생각해 보았다.

분명 성준은 훌륭한 투자 가치가 있었지만 그렇다고 해서 정치권과 정면 대결을 벌일 수는 없다고 생각되었다. 청룡 그룹과 달리 헌터 관리국에서는 아직 성준이 S급 승격 가능성이 있다고 생각하지는 않았다. 만약 그렇게 생각하고 있었다면 망설임 없이 성준의 편에 섰을 것이다.

"결정 내리기 힘드세요?"

현성은 쉽게 부정할 수 없었다. 그 모습을 보며 성준은 뭐가 그렇게 재밌는 것인지 가벼운 웃음을 흘렸다.

성준의 뒤에 언제 나타난 것인지 리슈발트가 돌아와 있었다. 그는 이미 성준에게 '보고'를 끝마친 뒤였다.

"재밌는 이야기 해드릴까요?"

성준의 두 눈이 반짝였다. 현성의 시선이 그에게 향했다.

"손진웅이 국고보조금에 손댔습니다."

"그게 정말입니까?"

"저는 알려줬으니까 확실한 증거 잡아보세요. 잘만 하면 야당 쪽에서 먼저 손진웅을 버리게 만들 수도 있을 겁니다."

현성은 대답 대신 어딘가로 전화를 걸었다. 5분 정도 이것저것 지시를 내린 그는 전화를 끊고 다시 성준을 보며 입을 열었다.

"하루만 기다려 주십시오."

국고보조금에 손을 댔다는 사실을 알고 있으니 증거를 잡는 게 쉬울 것이라 생각했다. 현성은 증거를 확보하는 데 필요한 시간을 하루라고 예상했다.

하지만 그의 예상과 달리 손진웅 쪽에서 증거를 철저하게 은폐한 탓에 확실한 증거를 찾지 못했다.

"죄송합니다."

현성은 성준을 찾아와 고개를 숙였다.

성준도 곤란해졌다.

'헌터 관리국의 증거 조작이 없으면 힘든데……'

리슈발트의 보고에 의하면 집의 보안이 철저했다. 지키고 있는 경호원들은 성준은 너무나 쉽게 정리할 수 있지만 감시카메라의 사각지대를 노린다고 해도 증거가 남을 수도 있다고 생각했다.

치안이 안 좋아졌다고는 하지만 대한민국은 법치국가였다. 뒤탈이 없으려면 헌터 관리국 정도 되는 거대 세력의 증거 조작

지원이 필요했다.

'어쩔 수 없네요. 가서 다 죽여 버리는 수밖에'라는 말이 튀어나오려는 순간이었다.

벨소리가 울렸다.

"여보세요?"

처음 보는 번호였다.

성준은 현성에게 잠시 양해를 구한 뒤 전화를 받았다.

-강성준 씨 맞으시죠?

"네."

-청룡 그룹 비서실입니다.

"청룡 그룹에서 왜……."

-중요한 건 그게 아닙니다. 5분 안에 강성준 씨의 메일로 첨부 파일이 하나 전송될 겁니다. 열어보시면 이 상황을 해결하는 데 분명 도움이 될 겁니다.

그 말을 끝으로 갑작스럽게 걸려왔던 전화가 끝났다. 성준은 어플을 통해 메일함을 확인했다. 그리고 첨부 파일을 열어본 그는 싸늘한 미소를 머금었다. 메일에는 손진웅의 횡령에 대한 증거가 빼곡하게 첨부되어 있었다.

'그런데 청룡 그룹에서 대체 왜……?'

성준은 몰랐지만 청룡 그룹에서는 설아의 일로 이미 그를 주목하고 있었다. 그리고 연결 고리를 만들기 위한 작전을 시작한 상태였다.

"가, 갑자기 왜 그러세요."

성준이 미친 사람처럼 사악한 웃음을 흘리자 당황한 건 현성이었다. 그의 떨리는 목소리를 들은 성준은 마음에 차오르는 흥분을 다스린 뒤 차분하게 입을 열었다.

"증거 확보했습니다."

"어, 어떻게……!"

성준의 말에 현성은 놀라움을 금치 못했다.

헌터 관리국이 하루 동안 총력을 다했음에도 불구하고 확보하지 못한 증거를 전화 한 통으로 찾았다고?

믿기 힘들었다.

"청룡 그룹에서 보내줬습니다."

"청룡 그룹에서요?"

현성은 고개를 끄덕일 수밖에 없었다. 청룡 그룹의 정보력은 헌터 관리국을 능가했다.

하지만 그는 곧 혼란에 빠졌다.

'청룡 그룹에서 왜 강성준 씨를 도와준 거지? 설마 그때 그 일 이후로 주목하기 시작한 건가……?'

생각의 정리가 끝나면서 현성의 안색이 창백해졌다. 하나의 세력에서 헌터를 주시한다는 것은 스카웃 의사가 있다고 볼 수 있었다.

청룡 그룹 또한 성준을 스카웃할 생각이 있는 것으로 보였다.

'청룡 그룹이라니, 경쟁자가 너무 세잖아!'

현성은 속으로 한탄했지만 달라지는 것은 없었다. 하지만 아직 늦지 않았다고 생각했다. 성준에게 헌터 관리국의 진심을 보일 필요가 있다고 생각한 그는 상사에게 메시지를 보내 상황을 보고했다.

그리고 이번 일에 '전권'을 요청했다.

[상부에서 허가받았어. 성공해야 한다.]

현성은 남해군수 손진웅에 대한 '공격'을 헌터 관리국으로부터 허가 받았다. 그는 다시 성준을 보며 입을 열었다.

"헌터 관리국에서 도와드릴 수 있습니다."

"그래요?"

성준의 물음에 현성은 고개를 끄덕였다.

"우선 야당에 관련 증거 자료를 보내는 게 좋을 겁니다. 저보단 헌터 관리국에서 전달하는 게 효과가 좋을 것 같네요."

성준이 말했다. 계획대로 흘러간다면 야당 차원에서 손진웅을 지원하지 못하는 상황이 찾아올 것이다.

"그리고 뒤처리 부탁합니다. 제가 가서 다 죽여 버릴 거니까요."

성준은 냉소를 머금은 채 말했다.

남해군수 손진웅은 넘어서는 안 될 선을 넘었고 마땅히 징벌을 받아야만 했다. 그의 시원한 선언에 리슈발트는 뒤에서 감격의 눈물을 흘렸다.

"국고보조금에 손을 댔으면 헌터를 몇 명 더 고용했을 수도 있습니다. 뒷골목에서 활동하는 헌터의 수는 제법 많습니다."

현성은 조심스럽게 우려를 표했지만 말하고 나서도 자신이 얼마나 쓸데없는 걱정을 했는지 깨달았다. 그는 사냥감을 노리는 포식자의 치아 건강을 걱정한 셈이었다.

"걱정할 필요 없습니다."

성준의 눈동자에서 짧은 순간이지만 살기가 빛났다. 현성은 잠깐이나마 깊은 심연을 내려다본 듯한 공포를 느꼈다.

"방해하면 다 죽일 생각입니다."

전생을 기억하는 성준은 자신을 죽이려고 한 자들에게 망설임 없이 검을 휘두를 수 있었다. 그는 주변을 한 차례 살펴 사람들이 없는 것을 확인한 뒤, 차분한 표정으로 입을 열었다.

"저는 걱정하지 마시고 뒤처리나 잘 해주세요."

그날 밤 진웅은 당에서 버림받았고, 그 사실을 전달받은 성준은 택시를 타고 남해로 향했다. 예전에 수혁과 함께했던 여행과 달리 오늘은 휴게소를 경유하지 않았다. 택시는 남해를 향해 쉬지 않고 달렸다.

톨게이트 근처에 도달하면서 택시가 천천히 속도를 줄였다.

껌을 씹고 있던 성준은 먼 곳에서 시작된 날카로운 살기를 읽었다.

그 직후, 전방에서 뭔가 반짝이며 택시를 향해 날아왔다.

-뭔가 옵니다!

리슈발트가 경고했고 성준은 택시 문을 열고 옆으로 뛰어내렸다. 택시는 톨게이트를 통과하기 위해 속도를 상당히 줄인 상태였고 헌터의 신체를 가지고 있었기 때문에 상처를 입진 않았다.

콰앙!

바람을 가르며 날아온 투사체가 택시와 충돌했다. 굉음과 함께 택시가 폭발에 휩쓸렸다. 처참하게 박살 난 택시는 검붉은 화염을 토해냈다.

톨게이트를 통과하기 위해 저속 중이던 차량들이 폭발음을 듣고 도망치기 위해 속력을 높였다.

"막 나가기로 한 거냐……."

배후는 안 봐도 뻔했다. 일반인까지 죽이는 그의 행동은 성준이 보기에도 역겨워서 고개를 저을 정도였다.

"리슈발트! 정찰!"

성준은 리슈발트에게 명령을 내렸다. 살기를 읽는 것만으로는 적들의 구성까지 파악하는 것은 힘들었다.

-이행합니다!

리슈발트가 총알처럼 쏘아져 나갔다가 되돌아왔다. 짧은 시간이었지만 그는 적의 모든 것을 파악했다.

-로켓포로 무장한 자가 두 명이고 헌터가 다섯 명입니다. B급 2명에 C급 3명으로 추정됩니다.

리슈발트는 인터넷과 TV를 통해 현대의 지식을 스펀지처럼 빨아들였기 때문에 이제는 로켓포에 대해서도 알고 있었다.

'로켓포까지……'

던전 사태의 시작과 함께 여러 무기가 암시장을 통해 거래되기 시작했다. 군수 정도의 위치라면 로켓포를 구하는 것도 어렵지는 않았을 것이다.

'기습하면 쉽게 죽일 수 있을 거라 생각했나 보네.'

성준은 검을 뽑아 들었다. 이동 수단에 타고 있는 헌터는 기습에 취약했다. 진웅은 그것을 노리고 계획은 세운 것인지 매복한 헌터의 수도 다섯 명에 불과했다.

퍼엉!

헌터들이 거리를 좁혀오는 사이 로켓포가 한 발 더 날아왔다. 빠른 속도였지만 헌터인 성준의 눈에는 느리게만 느껴졌다.

콰앙!

로켓포가 지면을 강타하면서 폭발했다. 그는 옆으로 몸을 날려 폭발의 유효 범위에서 벗어났다.

"피했어! 갈겨!"

포탄이 바닥난 것인지 로켓포를 들고 있던 두 명이 옆에 놓여 있던 저격 소총을 집어 들어 성준을 조준했다.

"엄호하겠습니다!"

저격수로 돌변한 둘은 무전기에 대고 외치며 저격 소총의 노리쇠를 당겼다. 그리고 스코프로 눈을 가져간 순간, 그들은 보았다.

성준의 싸늘한 시선을.

"허억!"

"크윽!"

600m가 넘는 거리였지만 공허한 눈동자에 담겨 있는 살기는 분명하게 전달되었다. 방아쇠를 당기려던 손이 얼어붙고 바지가 축축해졌다. 심지어 한 명은 저격 소총을 놓고 기절해 버렸다.

헌터도 제압하는 살기를 거리가 멀다고는 하지만 일반인이 견디는 것은 무리였다.

"우, 우웨에에에엑!"

남은 한 명도 구토를 하며 몸을 일으키지 못했다.

"후방 지원은 어떻게 된 거야?"

"응답이 없습니다."

"그냥 진행한다!"

저격 지원은 제압당했지만 그 사실을 모르는 헌터들은 성준을 향해 거리를 좁히며 검을 휘둘렀다.

성준의 시선이 검들의 궤적을 쫓았다. 풍부한 실전 경험의 조각은 가장 안전한 회피 경로를 계산했다.

"피, 피했어?"

누군가 말했다. 목소리에 당황한 기색이 역력했다.

다섯 명이 다섯 방향에서 창과 칼을 내찔렀었고 도저히 피할 수 있을 거라고 생각되지 않았다. 하지만 성준은 피했을 뿐만 아니라 검을 휘둘러 C급 헌터의 허벅지를 찔렀다.

"크악!"

허벅지에 검이 꽂힌 헌터의 자세가 무너져 내리자 성준은 단검을 뽑아 목을 그었다. 붉은 피가 분수처럼 솟구쳤다.

엉성하게나마 만들어졌던 합격진이 무너졌다.

"당황하지 마! 적은 한 명이다!"

"바로 공격해!"

창칼이 전후좌우를 노렸다. 성준의 눈동자가 바쁘게 움직였다.

'사각은 없다. 방어하면 급소가 위험해.'

교묘한 속임수가 섞여 있었다. 회피나 방어를 할 경우 도리어 급소가 위험해지는 연격이었다.

'살을 내주고 뼈를 취한다.'

성준은 목을 노리는 창끝을 손으로 붙잡았다. 아찔한 고통이 느껴졌지만 못 참을 수준은 아니었다.

동시에 우측의 검을 쳐낸 뒤 몸을 틀어서 좌측의 검격에 허리를 내주었다. 만약에 그렇게 하지 않았다면 정면에서 내찔러 오는 창에 심장이 관통되었을 것이었다.

"큭!"

허리와 왼손에서 붉은 피가 튀었다.

"좋아, 몰아붙여!"

승기를 잡았다고 생각한 헌터들은 더욱 적극적으로 공격을 감행했다. 하지만 그것은 방심으로 이어졌고, 성준은 그 틈을 놓치지 않았다.

짧은 틈, 성준은 오러를 사용했다.

"오, 오러 사용자다!"

"제기랄!"

성준이 검을 휘둘렀다. 헌터들은 검과 창을 들어 올려 방어를 시도했지만 무의미했다. 오러가 깃든 검은 강철로 만들어진 검과 창을 자르고 헌터들의 팔다리를 절단했다.

"크아악!"

"으아악!"

B급 헌터 둘이 당했다. 한 명은 양팔이 잘리고 다른 한 명은 왼팔과 오른 다리가 잘려 피를 쏟아내며 쓰러졌다.

B급 헌터 둘과 C급 헌터 하나가 당하자 남은 둘은 소극적으로 태도를 바꿨다.

하지만 그건 실수였다.

"힐."

공세가 중단되기 무섭게 성준은 상처를 치유했다. 그리고 거기서 멈추지 않았다.

"은신."

그의 모습이 사라졌다.

"커헉!"

C급 헌터 한 명의 복부가 열리고 내장이 쏟아졌다. 충돌이 일어나면서 은신이 해제되고 성준의 모습이 드러났지만 남은 한 명은 아무것도 할 수 없었다.

두려움이 그의 전신을 지배했다.

"저, 저격 지원은……"

무전기를 들어 올렸지만 대답은 없었다. 저격수 둘은 정신을 잃고 쓰러진 지 오래였다.

"제, 제발…… 크아아악!"

팔이 날아갔다.

"아프지? 나도 아팠어."

칼날이 살갗을 찢고 들어가 폐에 닿았다. 이윽고 검을 뽑아낸 성준은 망설임 없이 그의 목을 그었다.

"흡수."

성준이 죽은 헌터들의 시체에서 마력을 흡수했다. 저격수 2명도 죽이고 흡수를 시도했지만 마력이 없는 일반인의 시체에서 마력을 흡수하는 건 불가능했다.

"동조율은?"

리슈발트를 보며 물었다.

-동조율은 17%입니다. 1%가 상승했습니다.

"이러다가 중독되겠어."

리슈발트의 보고에 성준은 입꼬리를 끌어 올렸다. 마물을 사냥하는 것보다 동조율 오르는 속도가 빨랐다.

어쩌면 중독될지도 모른다고 성준은 생각했다.

'기분 나쁜 농담이겠지.'

성준은 고개를 저었다.

-다음 계획이 있습니까?

"가서 죽여야지."

리슈발트의 물음에 성준은 너무나 당연하다는 목소리로 대답했다.

입수한 정보에 따르면 진웅의 집은 여기서 멀리 떨어져 있지 않았다. 택시를 잃었지만 헌터의 신체 능력이라면 금방 도착할 수 있는 거리였다.

띠리링.

그가 발걸음을 옮기려는 순간, 저격수의 시체에서 벨소리가 울렸다. 본능적으로 뭔가가 있음을 직감한 성준은 시체를 뒤져 스마트폰을 꺼내 귓가로 가져갔다.

-처리했나?

남해군수 손진웅의 목소리였다. 성준의 입가에 미소가 번졌다.

"지금 죽이러 갈게. 기다려."

대답은 듣지도 않고 스마트폰을 던져 버렸다.

-주군.

"가자."

-따르겠습니다!

성준이 먼저 움직였고 리슈발트가 뒤따랐다.

아이템을 이용한 은신도 마력을 소모하기 때문에 진웅의 집 근처에 도착한 뒤에 은신 기능을 작동시켰다.

그의 몸이 어둠 속에 녹아들었다.

-정찰하겠습니다.

성준이 따로 지시하지 않았지만 리슈발트는 솔선해서 정찰했다. 사방이 높은 담으로 싸여 있는 2층 주택의 마당은 2명의 D급 헌터가 창을 들고 지키고 있었고, 옥상에서는 저격수 넷이 사방을 경계했다.

건물 내부도 헌터 3명이 지키고 있었다. C급 2명에 B급 1명이었다.

진웅은 고아였고 미혼이었기 때문에 다른 가족은 없었다.

리슈발트는 이 사실을 성준에게 자세하게 보고했다.

'역시 이 정도가 한계였나…….'

성준은 미소 지었다. 진웅은 국고보조금을 횡령했지만 성준이 신속하게 움직인 탓에 그를 상대할 A급 헌터를 고용하지 못했다.

성준은 은신한 채 문 앞으로 이동했다. 그리고 조심스럽게 문을 열었다. 문을 여는 정도로는 은신이 해제되지 않았다.

"문 열리는데?"

"젠장! 은신이다!"

눈치 빠른 헌터 한 명이 눈치채고 대문 쪽을 향해 창을 겨눴지만 이미 성준은 그의 뒤에 서 있었다.

"커헉!"

뭔가가 등 뒤에서 가슴을 꿰뚫고 나왔다. 은신이 벗겨지면서 피를 머금은 칼날이 모습을 드러냈다.

"이런…… 씨……!"

동료가 당하자 남은 헌터는 크게 당황했다. 마당에서의 소란에 저격수의 총구가 소리가 나는 방향을 향했다. 성준은 살기를 쓰지 않고 단검을 던졌다.

미간에 단검이 꽂힌 저격수는 코에서 피를 쏟아내며 옥상에서 떨어졌다.

"마당 쪽이다!"

남은 저격수 셋이 마당 쪽으로 총구를 겨눴을 땐 이미 남은 헌터 한 명조차 쓰러진 뒤였다.

그리고 또다시 은신을 사용한 탓에 성준의 모습은 찾을 수 없었다.

"군수님이 위험합니다!"

"안으로!"

그들은 저격 소총을 버리고 기관단총을 집어 들었다. 그리고 계단을 내려가려던 순간이었다.

그들의 뒤에 성준이 모습을 드러냈다.

칼날에는 피가 잔뜩 묻어 있었다.

"무, 무슨……."

저격수들은 말을 잇지 못했다. 전신에서 아찔한 고통이 느껴졌다. 상처가 벌어지면서 붉은 피가 솟구쳤다.

성준이 지나치며 수십의 검격이 그들을 덮쳤던 것이었다.

"옥상은 정리했다. 리슈발트, 남해군수의 위치를 추적해."

-이행합니다.

리슈발트가 모습을 감췄다. 성준은 건물 안으로 들어갔다. 현관에 들어서기 무섭게 헌터 2명이 그를 향해 몸을 던졌다.

하지만 문을 열기 전부터 모든 기척을 읽고 있던 성준은 뒤로 한 걸음 물러나는 것으로 어렵지 않게 기습 공격을 회피했다.

'단검이 둘.'

2명 모두 실내에서 전투가 용이한 단검을 들고 있었다. 장검보다 실내 근접전에 유리하다고는 하지만 성준의 실전검 앞에선 무력했다. 단검을 든 두 헌터가 죽임을 당하기까지 2분이 걸리지 않았다.

-저쪽입니다.

리슈발트가 나타나 진웅이 숨어 있는 위치를 알려주었다.

-은신 능력이 있는 B급 헌터가 매복하고 있습니다.

"그런 것 같아."

고도의 기술로 기척을 지운 듯했지만, 희미한 흔적이 느껴졌다.

'B급 헌터가 은신 능력이라……. 각성과 동시에 능력을 얻은 희귀 케이스인가 보네.'

성준은 리슈발트가 지목한 방의 문을 열었다. 안으로 들어서자 남해군수 손진웅의 모습이 보였고, 동시에 좌측에서 날카로운 살기가 느껴졌다.

"어설프네."

성준은 여유롭게 중얼거리며 옆으로 비켜섰다. 장검이 바닥을 내려찍으면서 은신이 풀렸다.

"제, 젠장……!"

위기에 처했다는 사실을 인지한 것일까?

헌터는 욕설과 함께 급히 검을 회수했다. 하지만 이미 성준의 검이 그의 목을 찌르고 있었다.

"커헉!"

"흡수."

B급 헌터가 허무하게 죽임을 당하는 모습에 진웅은 자신이 얼마나 거대한 적을 건드렸는지 뒤늦게 깨달았다.

"히익!"

A급 헌터가 죽었다는 보고를 들었을 때만 해도 이 정도로 위험한 적일 줄은 예상하지 못했었다. 그와 직면하니 공포가 고개를 들었다.

"남해군수 손진웅?"

성준의 물음에 진웅은 아무 말도 할 수 없었다. 마치 처형 직전에 신원을 확인하는 절차 같았다.

그래서 더 무서웠다.

"처음 만났을 때와는 다르네?"

"사, 살려줘……. 살려주면 뭐든 할게……."

"내가 지금 너를 죽일 거라고 생각해?"

진웅은 대답 대신 천천히 고개를 끄덕였다.

"죽을죄를 지었다는 건 잘 알고 있네."

성준은 냉소를 머금었다.

"죽을죄를 지었으면 살아 있으면 안 돼."

말을 끝내기 무섭게 성준이 휘두른 검이 진웅의 목을 깊이 베고 지나갔다.

"쿠, 쿨럭!"

급히 양손으로 상처를 막았지만 손가락 사이로 피가 쉼 없이 뿜어져 나왔다. 얼마 지나지 않아 그는 힘없이 쓰러졌고, 그 충격으로 뒤에 걸려 있던 액자가 떨어지면서 검은 금고가 모습을 드러냈다.

"금고?"

성준은 호기심이 생겨났다. 돈 때문은 아니었다.

"보통 이런 거 안에는 중요한 것이 숨어 있지?"

성준의 물음에 리슈발트도 고개를 끄덕였다.

"한번 열어보자."

성준은 오러를 사용해서 금고를 열었다. 경보가 울렸지만 개의치 않았다. 열린 금고 안에는 돈 대신 비리를 기록한 비밀 장부로 보이는 것들이 가득했다.

성준의 입가에 미소가 번졌다.

"빙고."

7장
전투 사제 웰로드

　새벽이 지나가고 아침이 찾아온 시각이었다. 손진웅에게 '정당
방위'를 시전한 성준이 택시를 타고 서울의 오피스텔로 돌아왔다.

　수도권과 지방을 왕복하고 전투까지 치렀지만 은신을 사용
하는 B급 헌터에게서 마력을 흡수한 덕분에 육체는 거의 지치
지 않았다. 마력 흡수로는 회복되지 않는 정신력의 소모도 던
전을 연속으로 공략할 때보다는 적었다.

　"아침이나 먹으러 가자."

　성준은 아침을 먹기 위해 근처 식당으로 향했다. 리슈발트
가 뒤따랐다.

　성준이 자리에 앉아 국밥을 주문했다. 주변을 둘러보던 그
의 시선이 벽걸이 TV에서 멈췄다.

-남해군수에 대한 내용입니다.

리슈발트가 말했다.

남해군수 손진웅이 살해당했다는 내용의 뉴스가 방영되고 있었다. 금고의 경보 때문에 일찍 발견된 것 같았다.

성준은 뉴스에 집중했다.

새벽에 누군가 진웅의 집에 침입하여 그를 살해했지만 증거는 전혀 남지 않았다는 게 뉴스의 주된 내용이었다. 증거가 없다고 이야기하는 걸 보니 헌터 관리국에서 성공적으로 처리한 것 같았다.

"수고하세요."

국밥을 대충 먹고 계산을 끝낸 뒤 식당을 나온 성준은 택시를 타고 헌터 관리국을 방문했다. 비밀 장부의 처리를 논의하기 위해서였다.

"김현성 조사팀장님을 만나러 왔습니다. 강성준이라고 하면 알 겁니다."

"아! 강성준 헌터님이셨군요. 사무실로 안내해 드리겠습니다."

헌터 관리국에선 직원들에게 성준이 찾아오면 바로 현성과 연결시켜 주라고 공지를 내려둔 상태였다. 덕분에 성준은 기다리는 일 없이 현성의 사무실로 안내받았다.

"강성준 씨!"

사무실로 들어오는 성준을 발견한 현성이 반갑게 손을 흔들며 다가왔다.

"옥상으로 올라가시죠."

현성의 말에 성준은 고개를 끄덕였다. 사무실에는 눈과 귀가 많았다. 두 사람은 옥상으로 올라갔다.

옥상은 넓었지만 사람은 몇 명 없었다.

두 사람은 옥상에서도 구석진 곳으로 발걸음을 옮겼다. 근처에 아무도 없는 것을 확인한 현성이 먼저 입을 열었다.

"경보가 울려서 곤란한 부분이 있었지만 무사히 끝냈습니다. 경찰에서는 아무것도 찾지 못할 겁니다."

은밀한 대화가 시작되었다.

"야당 쪽은요?"

"어제도 말씀드렸지만 그를 버렸습니다. 국고보조금에 손댄 사실을 저희가 터뜨리지 않는다는 조건으로 남해군수 손진웅의 문제에는 개입하지 않겠다는 확답도 받았습니다."

야당 측에서도 일이 커지는 것을 원하지 않았기 때문에 흔쾌히 거래에 응했던 모양이었다.

"그러고 보니, 드릴 게 있어서 왔습니다."

"그게 뭔가요?"

성준이 가방에서 장부 하나를 꺼내자 현성의 눈동자가 반짝였다.

"읽어보세요."

현성은 성준이 건넨 장부를 펼쳐 들고 읽었다. 안에 담긴 엄청난 내용 탓에 장부를 읽어 내려갈수록 그의 눈동자가 크게 흔들렸다.

"손진웅의 자택 금고에서 찾았습니다."

성준이 설명했다.

장부를 충분히 훑어본 현성은 그것을 덮고 다시 성준에게 돌려주었다.

"이건 지금 터뜨리면 안 될 것 같습니다."

"그럴 것 같죠?"

현성의 의견에 성준도 동의했다. 너무 많은 사람이 장부에 적혀 있었다. 그리고 굳이 터뜨릴 이유도 없었다.

"보험으로 가지고 계시는 게 좋을 것 같습니다."

현성이 말했다.

성준은 입꼬리를 끌어 올렸다.

장부에 기록된 누군가가 그를 건드리는 순간, 대한민국에 거대한 폭탄이 터질 것이다.

남해군수 손진웅 때문에 잠시 미뤄졌지만 이제는 각성 던전을 공략할 때가 되었다.

A급 헌터가 되면서 B급 던전의 솔플에 신청할 수 있는 자격이 되었다. 하지만 조금 부담스러운 것도 사실이기 때문에 무난하게 C급 던전의 솔플 일정을 신청했다.

"C급 던전 솔플 일정이 밀려 있어서 조금 기다려 주셔야 할 것 같습니다."

"많이 밀려 있습니까?"

"며칠만 기다려 주시면 될 것 같습니다."

사무원의 대답을 들은 성준은 짧은 한숨과 함께 오피스텔로 돌아왔다. 솔플 일정을 신청했으니 며칠간 다른 던전을 공략할 수는 없다.

'뭐하지.'

당연히 대기열이 없을 거라고 생각했는데 막상 기다리게 되니 할 게 없었다.

"수련이나 할까……."

-주군께서도 취미 생활을 해보시는 게 어떻겠습니까?

성준의 혼잣말을 들은 리슈발트가 나섰다.

그는 성준이 너무 빡빡하게 살아간다고 생각했다. 얼마 전에 여행을 갔지만 진웅 때문에 그마저도 제대로 쉬지 못했었다. 리슈발트는 이번 기회에 성준이 조금 더 여유를 가졌으면 하는 바람이었다. 제국의 침공에 맞서 강해지는 것도 중요하지만 성준은 너무 여유가 없었다.

"취미……?"

-기억하십니까? 전생의 주군께서는 사냥을 정말 좋아하셨습니다.

"리슈발트, 총기 규제가 완화되었다고는 하지만 한국에서 사냥이라는 걸 하려면 절차가 복잡해."

귀찮은 건 질색이었다.

-하운드 길드 하우스에 방문해서 인사라도 하는 게 좋지 않겠습니까? 약속을 했다고는 하지만 그들의 도움이 있어서 수월하게 해결되지 않았습니까?

"좋은 생각이야."

리슈발트와 대화를 끝낸 성준은 하운드 길드에서도 그나마 안면이 있는 정태민 영입과장에게 전화를 걸었다.

-강진혁 씨?

"길드 하우스에 있는 사람들 점심 먹었어요?"

-아뇨. 다들 식전입니다. 점심시간이 되려면 1시간 정도 남았으니까요.

"좋아요. 오늘 점심은 제가 사겠습니다."

성준은 태민과의 전화를 끊고 출장 뷔페 업체에 전화를 걸어서 하운드 길드 하우스 주소를 불러주고 입금했다. 갑작스러운 요청이었지만 빠른 입금 덕분에 업체에서는 준비를 서두르겠다고 대답했다.

돈이 많이 들었지만 이번 일을 도와준 하운드 길드에 성의를 표시할 수 있는 기회였기 때문에 만족스러웠다.

그리고 택시를 타고 하운드 길드 하우스로 이동했다.

"강진혁 씨!"

태민이 집행부장 강산호와 함께 성준을 기다리고 있었다. 그들은 택시에서 내리는 성준을 발견하고는 달려왔다.

"설마 출장 뷔페를 불러주실 줄은 몰랐습니다!"

태민이 말했다. 길드 하우스의 주차장에는 성준이 부른 출장 뷔페 업체의 차량 몇 대가 줄지어 주차되어 있었다.

"제가 먼저 도착할 줄 알았는데, 한발 늦었네요."

업체에선 시간이 조금 걸릴 것 같다고 말했었다. 하지만 빠른 입금의 버프 덕분인 것인지 그들은 힘내서 서둘렀고, 성준보다 먼저 도착하는 기행을 선보였다.

"늦었지만 승급 축하드립니다."

태민은 축하 인사를 건네며 손을 내밀었다.

"감사합니다."

성준은 그의 손을 잡고 악수와 함께 대답했다. 산호와도 짧게 안부를 물으며 악수하는 과정을 끝낸 그는 태민의 안내를 받으며 길드장 집무실로 향했다.

집무실 문을 열고 들어가자 날카로운 인상의 경호가 의자에서 일어나 성준을 반겼다.

"강성준 씨, 처음 뵙겠습니다. 부족하지만 하운드 길드를 맡고 있는 김경호라고 합니다."

"반갑습니다. 강성준입니다."

성준과 경호는 인사를 주고받으면서 악수를 했다. 짧은 순간이었지만 두 사람은 눈동자를 바쁘게 움직여 서로를 파악했다.

'보조계 헌터라고 들었는데…… 마력으로만 보면 중간 티어 정도려나……'

성준은 꽤나 정확하게 경호를 파악했다. 그는 A급 헌터 중에서도 중간 티어에 속했다.

'마력량은 A급 중에서도 하위 티어인 것 같군. 하지만 잠재 능력은 판단하기 힘들다.'

경호는 신중하게 판단을 유보했다. 평범한 척도를 들이밀기에 그의 행보는 너무나 파격적이었고, 승급 속도도 무서울 정도로 빨랐다.

"앉으시죠."

경호는 성준에게 앉을 것을 권했다. 두 사람은 서로를 마주보고 앉았고 태민은 경호의 우측에 앉았다.

집행부장직을 맡고 있는 강산호는 밀린 업무가 있다면서 집무실을 떠났다.

"조동철의 일은 고마웠습니다. 덕분에 귀찮은 일을 많이 덜었습니다."

"저희야말로 감사하죠. 대악마 길드를 처리해 주신 덕분에 저희가 상위권에 진출할 수 있었습니다."

상위권 진출은 만년 중상위권 길드였던 '하운드'의 오랜 바람이었다.

"길드원 모두가 고마워하고 있습니다."

경호의 말에 성준은 미소를 지었다.

훈훈한 분위기 속에서 대화는 계속되었다. 경호는 넌지시 길드 가입을 권유했지만 성준은 칼같이 거절했다. 그의 거절에 경호도 더 이상 같은 화제를 꺼내지 않았다.

따리링.

벨소리가 울리자 성준은 스마트폰 화면을 확인했다.

[헌터 관리국.]

헌터 관리국에서 온 전화였다.

"잠시 실례하겠습니다."

성준은 집무실을 나와 복도에서 전화를 받았다. 사무원은 솔플 일정이 잡혔다는 것을 알렸다. 며칠 기다려야 한다는 처음의 예상과는 달랐다.

하지만 일정이 급하게 잡히는 바람에 그는 경호와 태민에게 양해를 구하고 던전으로 출발할 수밖에 없었다.

성준이 떠나고 집무실에는 경호와 태민만 남았다.

"아깝네요."

"길드장님……."

"그때 정 팀장의 의견을 반영했어야 하는 건데……."

A급 헌터로 성장한 성준의 모습을 보니까 아쉬움이 드는 것은 어쩔 수 없었다.

"그래도 저희 길드를 좋게 보는 것 같아서 다행입니다."

태민이 말했다. 경호는 고개를 끄덕였다.

"그 점은 다행이라고 생각합니다. 길드 가입은 원치 않는 것 같으니…… 강성준 씨와 연결 관계를 유지해서 협력 관계를 강화하도록 하세요."

구성원으로 받아들이지는 못해도 아군으로 삼겠다는 게 경호의 생각이었고, 태민도 동의하는지 고개를 끄덕였다.

던전 입구에 도착한 성준은 인증 절차를 끝내고 지하로 내려갔다.

C급 던전이라서 그런지 초입부터 오크가 등장했다. 성준은 출현하는 마물들을 차례대로 격파하며 나아갔다.

그리고 마지막 방에 보스로 등장한 오크 주술사를 어려움 없이 격파했다.

-공략 확인, 계측 완료. C급 던전을 클리어하셨습니다.

계측기가 반응했다. 루팅할 아이템이 드랍되지 않은 것을
확인한 성준은 몇 걸음 뒤에서 대기하고 있는 리슈발트를 보
며 입을 열었다.

"열어도 될 것 같다."

리슈발트는 고개를 끄덕이며 손을 들어 올렸다.

-각성 던전을 열겠습니다.

주변이 녹아내리고 새로운 풍경으로 채워졌다. 처음 들어왔
던 곳과는 달리 던전과 비슷한 지하의 풍경이었다.

"뭐, 뭐야?"

"어디서 나온 놈이야?"

성준의 등장에 입구를 지키고 있던 병사 둘이 깜짝 놀라서
검을 뽑아 들었다.

예전과 달리 동조율이 높아지면서 이계어를 완전히 익힌 성
준은 그들의 말을 이해할 수 있었다.

"어떻게 할……."

"침입자를 저……."

그들은 말을 끝까지 잇지 못했다.

성준이 곁을 지나치면서 날렵하게 휘두른 검이 그들의 목을
베며 목숨을 앗아 갔기 때문이었다. 병사 둘이 쓰러졌다.

"흡수."

성준은 마력을 흡수했다. 지구와 달리 마력이 풍부한 이계
에서는 일반 병사들도 일정량의 마력을 품고 있었다.

"리슈발트, 보스방까지 제일 짧은 거리로 안내해."

-명을 따르겠습니다.

리슈발트는 정찰을 끝내고 돌아와서 성준을 보스방까지 안
내했다. 중간에 기사들과 병사들이 막아섰지만 성준의 상대
는 되지 못했다.

-여기가 아마 보스방일 겁니다.

"확실하지 않은 거야?"

-강력한 결계 때문에 제가 가지고 있는 마력으로는 뚫을 수
없었습니다.

"지금은?"

-주군이 곁에 계시니 가능합니다.

리슈발트의 말에 성준이 고개를 끄덕였다.

오러가 깃든 검이 강철 문의 자물쇠를 잘랐다. 성준은 발로
문을 차고 안으로 진입했다.

안에는 기사 2명과 사제복을 입은 남자가 있었다. 사제복을

입은 남자의 시선은 성준이 아니라 리슈발트에게 향했다.

'리슈발트가 보이는 건가?'

하지만 고개를 저었다. 그는 유령 상태였고 성준에게만 보인다고 설명했었다. 하지만 이윽고 그의 예상은 깨졌다.

"리슈발트 경?"

사제에게는 리슈발트의 모습이 보이는 듯했다.

-제국 전투 사제단의 웰로드입니다. 신성 기도문의 힘으로 저의 존재를 파악한 것 같습니다.

리슈발트는 인상을 쓰며 말했다.

"전투 사제단도 내 죽음과 관련이 있었나?"

-각성 던전은 주군의 원한이 닿는 곳이라면 어디라도 열립니다. 그리고 제국군 중에 주군의 죽음과 관련이 없는 곳은 없다고 봐도 좋습니다.

"바쁘겠네."

성준은 입꼬리를 끌어 올리며 검을 들어 올렸다. 웰로드는 성준의 모습을 자세히 살피더니 입을 열었다.

"이계인? 어떻게 들어온 거지?"

스스로에게 묻고 있는 듯했다. 굳이 대답할 필요는 없었기 때문에 성준은 기사들과 거리를 빠르게 좁히며 웰로드를 향해 오러가 실린 단검을 던졌다.

"오러?"

오러가 실려 있는 단검은 평범한 수호 기도문으로는 막을 수 없었다. 그는 다급하게 옆으로 몸을 던져 단검을 피했다.

"내가 징벌 기도문을 외울 동안 시간을 벌어라!"

웰로드의 두 손에서 백색의 빛의 반짝였다. 기사 둘이 검을 뽑아 든 채 성준을 향해 쇄도했다. 그들의 검에서 희미한 오러가 반짝였다.

-웰로드가 징벌 기도문을 외우고 있습니다!

징벌 기도문.

전투 사제들이 사용하는 공격 기술로 신성력을 이용한 공격 마법이라고 보면 이해가 빨랐다.

과거의 기억을 더듬어서 징벌 기도문에 대한 정보를 떠올린 성준은 서둘러 저지해야 할 필요성을 느끼고 기사들을 향해 검을 휘둘렀다.

"커헉!"

로우켈의 실전검은 숙련된 검사조차 쉽게 예측하기 힘든 속임수로 가득했기 때문에 기사들도 대응하기 힘들었다. 예측 실패는 죽음을 초래했다.

목이 깊게 베인 기사는 피분수를 쏟아내며 쓰러졌다.

"빈틈!"

남은 기사가 성준의 목을 노렸다. 훈련으로 단련된 기사의 움직임은 일순간 고속 이동을 가능하게 했다. 검을 회수하기

전에 칼날이 목에 닿을 것만 같았다.

그렇다면 방법은 하나!

"회수!"

왼손에 단검이 나타났다. 갑작스럽게 등장한 단검에 기사는 당황했다. 정돈된 자세가 무너지자 성준의 단검이 그의 왼쪽 허벅지를 찔렀다.

"크흑!"

고통의 기습으로 크게 휘청거리는 기사를 향해 성준이 재차 검을 휘둘러 목을 쳤다. 머리를 잃은 몸이 힘없이 쓰러졌다.

"늦었다! 홀리 크로스!"

서둘렀지만 징벌 기도문은 완성되었다. 웰로드가 작은 십자가를 들어 올리자 그곳에서 백색의 거대한 십자가가 투사되었다.

-홀리 크로스는 강한 물리력을 가진 십자가입니다! 피하셔야 합니다!

리슈발트가 경고했지만 한발 늦었다. 성준은 홀리 크로스에 직격당하고 말았다.

"큭!"

달리는 차량에 부딪치는 것 같은 큰 충격이 전해지면서 성준의 몸은 후방으로 날아가 벽에 꽂혔다.

뼈가 부러진 것 같았다.

간신히 몸을 일으키는 성준을 보며 웰로드가 입을 열었다.

"말해보거라, 이계인. 어째서 리슈발트 경의 유령이 너의 뒤를 따르고 있는 것이지?"

"힐."

대답할 이유는 없었다.

성준은 부러진 뼈를 치유한 뒤 검을 고쳐 쥐었다.

그 모습을 본 웰로드의 얼굴에 놀라움이 엿보였다.

"신성 기도문이라…… 전투 사제였나?"

그는 옆에 놓여 있던 전투 망치를 들어 올렸다.

"대답하기 싫다면 그것도 좋다. 제국 고문 부대에 넘기면 자연스레 입을 열게 될 테니까!"

웰로드가 시야에서 사라졌다.

'고속 이동?!'

이런 경우 후방을 노리는 게 정석이었지만 웰로드는 성준의 코앞에 모습을 드러냈다. 묵직한 전투 망치가 성준을 향했다.

갑작스러운 기습에 당황할 법도 했지만 웰로드가 고속 이동을 사용하기 위해 발걸음을 뗀 순간, 그의 움직임은 예측되었다.

획.

망치보다 빠르게 휘둘러진 검이 웰로드의 목을 노렸다. 리슈발트는 그 일격이 먹힐 것이라 예상했지만 웰로드는 전투 망치의 방향을 바꿔 성준의 검을 쳐냈다.

먼저 회수하는 쪽이 이긴다. 회수가 빠르면 공격할 기회가 생긴다.

그리고 성준의 검은 웰로드가 들고 있는 전투 망치보다 훨씬 가벼웠다.

"하앗!"

검을 먼저 회수한 성준이 짧은 기합과 함께 웰로드의 심장을 노리고 검을 내찔렀다.

"큭!"

웰로드는 신속하게 뒤로 물러났지만 검의 끝 부분이 갈비뼈를 뚫고 파고들었다. 하지만 심장을 관통할 정도로 상처가 깊지는 않았다.

"시, 신성 기도문을……!"

"놔둘 것 같냐!"

웰로드는 비어 있는 왼손을 들어 올려 신성 기도문을 외우려 했다. 예상치 못한 반격에 당황해서 벌인 일이었지만 접전 중에 그런 행동은 상당히 위험했다.

힐과 동일한 치유 효과를 가진 '신성 기도문'을 허용한다면 상처가 회복될 터였다.

성준은 그런 상황을 막기 위해 벌어진 거리를 일순간 좁혔다.

"이, 이건 로우켈 경의 고속 이동술!"

웰로드는 성준이 펼친 고속 이동술이 완전하지는 않지만 로우켈의 것과 닮아 있다는 것을 깨달았다. 로우켈은 검술 실력도 뛰어났지만 고속 이동 능력도 발군이었다.

"제, 제기랄!"

성준이 어느새 코앞까지 접근해 검을 휘두르는 탓에 신성 기도문을 외울 여유가 없었다. 그저 욕설만 내뱉으며 전투 망치로 검을 막아내는 데 급급할 뿐이었다.

가슴의 상처가 깊지 않은 게 그나마 다행이었다. 출혈이 심했다면 장시간의 전투 수행이 불가능했을 것이다.

"큭!"

전투 사제라고는 해도 근접전에 대한 숙련도는 성주에 비해 부족했다. 시간이 지날수록 상처가 늘어갔다.

'이겼다!'

성준이 승기를 잡았다고 생각한 순간이었다. 열린 문에서 무장한 기사들이 들어왔다.

'난입?'

던전에서는 없는 시스템이었지만 이곳은 이계와 연결된 각성 던전이었다. 변수를 예상하지 못한 건 성준의 실수였다.

"웰로드 경! 괜찮으십니까?"

난입한 기사의 수는 일곱.

그들은 성준의 앞을 막아섰고 웰로드는 안전한 후방으로 물러나 신성 기도문을 외웠다. 백색의 빛이 상처를 치유했다.

"후우!"

웰로드는 안도했고 성준은 입술을 살짝 깨물었다.

"고문 부대에 넘겨야 하니까 죽이지는 마라."

"넵!"

검을 뽑은 기사들이 천천히 거리를 좁혀왔다. 웰로드는 기사들을 엄호하기 위한 기도문을 외웠다.

-수호 기도문입니다. 기사들에게 부여할 생각인 것 같습니다.

리슈발트는 웰로드가 외우고 있는 기도문의 종류를 파악해서 보고했다. 부상을 입은 이가 없으니 수호 기도문으로 아군의 방어력을 증가시키려는 속셈이었다.

"홀리 아머!"

성준이 나서기도 전에 수호 기도문이 완성되었다. 기사들의 몸에 성스러운 빛의 갑옷이 생겨났다.

"하앗!"

기합과 함께 오러가 깃든 칼날이 홀리 아머를 강타했다. 끝내 기사의 허리를 깊게 베었지만 홀리 아머의 강한 저항이 있었다.

홀리 아머는 빠른 실전검을 펼치는 데 방해되었다. 실제로 성준이 홀리 아머를 베어내는 사이에 다른 기사들이 합격을 펼치기도 했다.

'이대로는 안 된다.'

홀리 아머를 단칼에 베기에는 오러의 강도가 부족했다. 은신을 사용할 여유도 없었다. 그렇다면 방법은 하나.

은신, 그리고 힐과는 달리 바로 사용할 수 있는 초월.

성준은 마력을 끌어 올리며 입을 열었다.

"로우켈과 무슨 관계냐고 물었지?"

"그렇다."

"지금 대답해 주마."

마력이 폭발하면서 신체의 한계를 초월했다.

-동조율 20%! 참격을 사용할 수 있습니다!

리슈발트가 보고했다.

초월을 통해 일시적으로 동조율이 20%을 넘으면서 새로운 기억이 쏟아져 들어왔다. 성준은 전투에 필요한 기억을 찾아 냈고 날카로운 오러 투사체를 전방으로 발사하는 '참격'의 사용법을 깨우쳤다.

일시적인 마력의 폭발 탓에 가까이 있던 기사들이 비틀거렸다.

"내가 로우켈이다."

검성이 다시 눈을 떴다.

"어, 어디 갔어!"

성준이 사라졌다. 너무 빨라서 웰로드도 움직임을 쫓지 못했다.

성준을 포위하고 있던 기사들이 피를 쏟아내며 쓰러졌다. 동조율 20%의 오러 앞에서 홀리 아머는 없는 거나 마찬가지였다.

"웰로드 경! 피하셔야 합니다."

기사들이 허수아비처럼 속수무책으로 쓰러졌다. 남은 기사의 수는 둘. 기사 한 명이 성준의 앞을 잠시나마 막아서는 동안 다른 기사는 웰로드에게 도망칠 것을 제안했다.

하지만 그것도 쉽지 않았다. 성준은 어느새 자신의 앞을 막아섰던 기사의 목을 베고 홀로 남은 기사를 향해 쇄도하고 있었다.

"지, 징벌 기도문을……!"

저 무자비한 오러 앞에서 수호 기도문은 소용없다고 판단한 웰로드는 서둘러 징벌 기도문을 외웠다.

"커헉!"

마지막까지 버티던 기사가 쓰러졌다. 동시에 웰로드가 징벌 기도문을 완성했다.

"홀리 스피어!"

성스러운 빛의 창이 소환되어 성준을 노렸다. 성준도 보고만 있지는 않았다.

"슬래시!"

참격의 시동어를 떠올린 그는 검을 횡으로 크게 휘두르며 외쳤다. 푸른빛의 오러가 전방으로 날아갔다.

"컥!"

참격에 닿은 웰로드의 몸이 이등분되었다. 그는 고통에 찬 신음을 토해내며 홀리 스피어를 놓쳤다. 허공에 떠오른 빛의 창은 이내 빛을 뿌리며 흩어져 사라졌다.

"아직 살아 있었나?"

상체와 하체는 분리되었지만 숨이 붙어 있었다. 그러나 곧 끝을 맞이할 것 같았다.

성준은 그에게 다가가 검을 들어 올렸다.

"쿨럭! 말도 안 돼…… 이건 분명 로우켈의……."

"말했잖아. 내가 로우켈이라고."

"그럴 리 없……."

웰로드는 힘겹게 말을 이어갔지만 성준은 끝까지 듣지 않고 검으로 그의 목을 찔렀다. 웰로드의 몸이 한 차례 떨리더니 숨통이 끊어졌다.

성준은 검집에 검을 집어넣으며 입을 열었다.

"지옥에서 먼저 기다리고 있어라. 다들 따라갈 테니까."

그의 눈동자에서 싸늘한 원한의 불꽃이 번뜩였다.

-주군, 축하드립니다! 이걸로 한 걸음 전진하였습니다!

리슈발트가 말했다. 성준이 대답 대신 고개를 끄덕이려는 순간이었다.

"크아악!"

초월의 부작용이 나타났다. 짧은 시간이지만 동조율을 3%나 끌어 올린 대가는 엄청났다. 전신을 급습하는 고통 탓에 제대로 서 있기도 힘들었다.

성준은 쓰러진 채 1시간 동안이나 고통에 몸부림쳐야만 했다. 그나마도 30분이 지난 시점에서 힐을 사용하여 고통을 완화시키지 않았다면 기절했을 것이다.

"흡수."

정신을 차린 그는 시체에서 마력을 흡수했다.

"왜 안 사라지지?"

각성 던전이 사라져야 추가 보상으로 동조율이 올랐다.

성준이 의문을 표하자 리슈발트는 기억을 더듬은 끝에 입을 열었다.

-아이템이 있는 모양입니다. 의심되는 곳은 저쪽에 있는 제단이군요.

성준은 리슈발트가 가리킨 곳으로 발걸음을 옮겼다. 제단 바로 밑에 파인 공간이 보였다. 거기엔 보관함 하나가 들어 있었다.

-새로운 아이템의 존재를 확인.

계측기가 반응했다. 리슈발트의 예상대로 아이템이 있었다. 성준이 보관함을 열자 백색의 사제복이 모습을 드러냈다.

삐빅.

[알 수 없는 사제복]

A급.

알 수 없음.

혹시나 싶어서 계측기로 감정을 시도했지만 이계 아이템이
라서 감정이 불가능했다. 그는 말없이 리슈발트가 있는 방향
으로 사제복을 들어 올렸다.

-감정하겠습니다.

리슈발트가 마력을 흘려보내 아이템을 활성화시켰다. 성준
은 다시 계측기를 들이댔다.

삐빅.

[제국군 전투 사제복]

A급.

방어 효과 확인.

치유 효과 증폭 확인.

민첩 강화 효과 확인.

블레싱 사용 가능.

리슈발트의 마력과 접촉한 이계 아이템은 계측기로 감정할
수 있었다. 옵션은 3개로 준수한 편이었다.

특히 치유 효과 증폭과 블레싱을 사용할 수 있다는 게 가장

마음에 드는 옵션이었다.

-제국군 소속 전투 사제단이 사용하는 사제복입니다. 부드럽지만 강철과도 같은 방어력을 가진 특수한 천으로 만들어져 있습니다.

성준은 검에서 오러를 거둔 상태로 사제복을 찔렀다. 강철을 찌른 것 같았다. 섬유에서 손상을 찾아볼 수 없었다.

"리슈발트, 궁금해서 그러는데 하나만 물어볼게."

-뭐든지 질문하셔도 좋습니다.

"레이드와 던전도 이계와 연결되어 있다면 왜 각성 던전의 아이템들만 감정이 불가능한 거지?"

-이계의 기운이 강하게 서려 있어서 그렇습니다. 자세한 원리는 저도 알 수 없지만 제가 지금까지 한 일은 아이템에 깃든 이계의 기운을 거두어들이는 것이었습니다.

리슈발트가 설명했다. 동조율이 낮은 탓에 자세한 설명은 불가능했다.

"그러면 일반 던전이나 레이드에서도 감정이 불가능한 이계 아이템이 드랍될 수도 있다는 거네?"

-물론입니다. 그들이 이쪽으로 넘어오는 과정에서 이계의 기운 대부분이 소실되지만, 예외도 있으니 충분히 가능한 일입니다.

아이템을 회수하고 대화를 하는 동안 각성 던전이 사라지고 C급 던전의 비어 있는 보스방으로 돌아왔다.

-동조율은 19%입니다.

"20%는 될 거라고 생각했는데……."

-아주 미약하게 부족합니다.

"그렇군."

성준은 고개를 끄덕였다. 성준이 보스방을 나서려는데 문득 뇌리를 스치는 생각이 있었다.

성준은 잠시 발걸음을 멈추고 리슈발트를 보았다.

"혹시 이계의 기운을 흡수하면 이점이 있나?"

성준의 물음에 리슈발트는 입을 열었다.

-동조율이 상승합니다. 워낙 미약한 양이라 보고하지 않았습니다. 그리고 이계의 기운이 강하게 서렸던 아이템들을 곁에 두고 있으면 기억이 선명해질 수도 있다고 생각합니다. 취미 삼아 수집해 보시는 것도 괜찮을 것 같습니다.

"이계 아이템 수집이라…… 괜찮은 취미 같네."

성준의 입가에 미소가 번졌다. 지금 그에게 돈은 넘치고 있었다.

"그리고 리슈발트, 한 가지 더."

-네. 말씀하십시오, 주군.

"앞으로는 동조율을 조금이라도 올릴 방법이 있으면 바로 보고해."

-명심하겠습니다.

성준의 말에 리슈발트는 고개를 끄덕이며 대답했다.

성준을 던전 관리국에서 마정석을 매각한 뒤 바로 옆의 헌터 관리국으로 발걸음을 옮겼다.

오후 6시. 현성이 퇴근하기엔 이른 시간이었다. 그 누구의 방해도 받지 않고 현성의 사무실이 있는 3층으로 올라갔다.

"강성준 씨?"

"식전이시죠?"

성준의 물음에 현성은 고개를 끄덕였다.

"네. 아직입니다."

"저녁 같이 먹죠. 할 이야기도 있습니다."

현성은 마른침을 삼켰다. 성준은 언제나 폭풍을 몰고 다녔기 때문에 그가 할 말이 있다고 하자 긴장할 수밖에 없었다.

'또 누굴 죽이겠다고 하는 건 아니겠지……?'

불안한 마음은 좀처럼 진정되지 않았다.

"가시죠."

"팀원들도 식전이시면 같이 가시죠. 자리만 따로 앉으면 되니까요."

"감사합니다."

현성은 거절하지 않았다. 헌터 관리국 조사과 조사 1팀에 소속된, 현성을 포함한 6명이 성준과 함께 근처의 식당으로 향했다.

성준과 현성은 조사팀원들과 조금 떨어진 곳에 앉았다.

"계측기로 감정이 불가능한 아이템이 있습니까?"

성준은 모르는 척 물었다. 수저를 놓고 있던 현성이 고개를 들었다.

"혹시 습득하셨습니까?"

"헌터닷컴에는 정보가 거의 없던데, 있긴 하나 보네요."

"워낙 드문 케이스라서요. 헌터닷컴에도 관련 게시글이 거의 올라오지 않았을 겁니다."

대부분 차원 관문을 넘으면서 이계의 기운이 사라지는 듯했다.

"헌터 관리국에서 보관 중인 게 있습니까?"

현성은 성준의 물음에 고개를 저었다.

"저희가 보유한 건 없습니다. 상품 가치가 없기 때문에 받아주지 않거든요."

"그렇습니까?"

"하지만 유통되는 곳은 알고 있습니다. 아무래도 저희 쪽에서 받아주지 않으니까, 일부 특이한 수집가들에게 팔더군요."

현성이 주변을 살피더니 아주 작은 목소리로 말했다.

돈이 많은 수집가들이 아이템을 모으는 것은 흔한 일이었다. 수집가의 경우 헌터들도 있지만 일반인의 수도 적지 않았다. 돈만 있다면 아이템은 훌륭한 수집품이었다.

헌터 마트는 헌터들만 출입할 수 있기 때문에 아이템의 거래는 주로 암시장에서 불법적인 경매로 진행되는 경우가 대부분이었다.

"그거 불법 아닙니까? 안 잡아요?"

"수집가들 대부분이 권력자인데 저흰 힘이 없어서요."

현성은 대답과 함께 씁쓸한 미소를 지었다.

"그 위치, 저한테 알려주세요."

"어렵지 않습니다."

성준의 말에 현성은 흔쾌히 고개를 끄덕였다. 주문한 음식이 나오면서 잠시 대화가 중단되었다.

잠깐 침묵이 이어지고 현성이 먼저 입을 열었다.

"저희가 알고 있는 곳은 낮은 등급의 경매장입니다."

"등급이 있어요?"

"네. 경매장에서 구매 등급을 올려야 VIP 경매장으로 넘어갈 수 있습니다."

"귀찮은 시스템이네요."

"저도 그렇게 생각합니다."

대화가 중단되었다.

식사가 끝난 뒤, 조사팀원들은 성준에게 감사 인사를 하고 퇴근 준비를 위해 헌터 관리국으로 돌아갔다.

거리의 많은 사람들 속에 성준과 현성만 남았다.

"메시지 기록이 남으면 곤란하니까 메모지에 적어드리겠습니다."

현성은 품속에서 메모지와 펜을 꺼내 벽에 대고 뭔가를 적은 것을 성준에게 주었다.

"경매장 위치입니다."

"감사합니다."

성준은 메모지를 주머니에 넣고 오피스텔로 돌아왔다. 그는 자기 전에 소파에 앉아 TV를 보며 잠깐의 휴식을 즐겼다.

-내일은 경매장에 가볼 생각이십니까?

리슈발트의 물음에 성준은 고개를 끄덕이며 입을 열었다.

"그래, 가서 이계 아이템 쓸어올 거야."

미약하지만 동조율이 오른다는 소리를 들은 탓에 성준은 관심은 이계 아이템에 집중된 상태였다.

더군다나 곁에 두면 잊고 있었던 기억을 더듬을 수도 있고 이계의 기운을 걷어냈을 때 뜻하지 않은 득템을 할 수도 있었다.

"이제 자야겠다."

시간이 늦은 것을 확인한 성준은 샤워를 하고 침대에 몸을 던졌다. 그리고 눈을 감자 깊은 잠의 세계로 빠져들었다.

그날, 성준은 꿈을 꿨다.

⚜

성준은 화려한 장식으로 가득한 긴 복도를 걷고 있었다.

'전생의 기억인가……?'

성준은 '로우켈'에게 몸을 맡기고 관전자의 입장이 되었다. 어차피 전생의 꿈속에서는 보통의 꿈과는 달리 그에게 육체 제어권이 거의 없었다.

"어서 오십시오, 최고 기사님."

거대하고 화려한 문이 있는 복도 끝에 도달하자 금색으로 빛나는 갑주를 입은 남자가 성준을 보며 고개를 숙였다. 성준은 고개를 끄덕이며 입을 열었다.

"친위대장이 고생이 많군."

"기쁜 마음으로 수행하고 있습니다. 들어가시죠. 황제 폐하께서 기다리고 있습니다."

친위대장이 수신호를 보냈다.

대기하고 있던 친위대원들이 문을 열자 넓은 알현실이 모습을 드러냈다. 금색 갑옷을 입은 수십 명의 친위대원이 지키고 있는 알현실의 끝에는 제복을 입은 황제가 옥좌에 앉아 있었다.

"어서 오라, 최고 기사 로우켈 경."

성준은 황제의 앞까지 걸어간 뒤 한쪽 무릎을 꿇고 예의를
갖췄다. 같은 13기사회의 소속인 발리안이 황제의 옆을 지키
고 있었다.

성준의 시선이 그에게 향했다. 전생의 성준, 로우켈은 그를
별로 좋아하지 않았던 것인지 깊은 곳에서 불쾌한 감정이 고
개를 들었다.

그의 시선이 다시 황제에게 향했다.

"부르셨다고 들었습니다."

"그래, 내가 불렀지."

딱딱한 옥좌가 불편한 것인지 황제는 자세를 바꾸며 말했다.

"침공 계획을 반대한다고 들었다."

'침공 계획'이라는 단어가 나오자 성준은 황제에게 이목을
집중했다.

'잘하면 오늘 자초지종을 들을 수도 있겠네.'

추측하고 있었던 게 오늘 확정으로 바뀔 수도 있다고 생각
되었다. 성준은 고개를 들며 입을 열었다.

"당연합니다. 어찌 마물들과 손을 잡고 이계를 침공할 수 있
겠습니까? 그들은 제국 초기부터 저희의 적이었습니다."

"'종족 연합'이라고 칭해주겠나? 그들은 마물이라는 단어를
별로 좋아하지 않아."

"하지만 폐하!"

성준의 언성이 높아지자 황제의 옆을 지키고 있던 발리안이 한 걸음 앞으로 나오며 입을 열었다.

"로우켈 경! 13기사회의 최고 기사라고는 하지만 황제 폐하께 예의를 지키십시오!"

"경이야말로 내가 지금 황제 폐하와 대화 중인 게 보이지 않는가!"

"큭!"

성준이 일갈하자 발리안은 신음을 삼키며 뒤로 한 걸음 물러났다. 같은 13기사회 소속의 검성이었지만 로우켈의 수준이 아득히 높았다.

"로우켈 경, 다시 한번 묻겠다. 그 생각을 철회할 마음은 없나?"

"전혀 없습니다. 제가 두 눈 뜨고 살아 있는 한, 절대 안 됩니다!"

"그럼 시체가 된다면 상관없겠군."

황제의 싸늘한 목소리에 성준은 자신의 귀를 의심했다.

로우켈의 감정 또한 요동쳤다. 크게 당황한 것 같았다.

황제가 손을 들어 올리자 알현실을 지키고 있던 수십 명의 기사가 무기를 들어 올렸다. 그리고 차원이 찢어지더니 창백한 안색의 뱀파이어들이 모습을 드러냈다.

"성혈 기사단? 기어코 마물들과 손을 잡은 겁니까!"

성준은 울분을 토해냈다. 성혈 기사단은 뱀파이어 귀족 중에서도 뛰어난 전투력을 가지는 성혈 100명으로 구성된 강력한 전투 집단이었다.

황제는 입꼬리를 끌어 올렸다.

"기척에 예민한 자네조차 감지하지 못하다니, 역시 리오펠 공작의 다중차원 은신 마법은 대단하군!"

"다중차원 너머에 숨는 대마법입니다. 저 말고는 사용이 불가능하며 대륙의 그 누구도 사전에 눈치챌 수 없습니다."

황제의 배후에서 마법사 로브를 입고 외눈 안경을 낀 남자가 모습을 드러냈다.

"포위해서 섬멸하라."

황제가 명령을 내리자 성혈 기사단과 황실 친위대가 성준을 포위했다. 성준의 내면에서 분노가 폭발했다.

"신성한 황궁을 마물 따위가!"

"아켈스 공작님의 원수를 갚아주겠다."

먼저 움직인 것은 성혈 기사단이었다. 뱀파이어 귀족들이 핏빛 오러를 번뜩이며 달려들었다.

성준은 검을 뽑아 들었다. 13기사회는 알현실에서도 검을 휴대할 수 있었다.

"울부짖어라, 로엘!"

성준이 외치자 로엘에서 용의 울음소리가 터져 나왔다. 성혈 기사단에서도 수준이 낮은 뱀파이어 귀족들은 자세를 무너뜨리면서 힘없이 쓰러졌다.

"드, 드래곤 피어?"

"용의 영혼이 봉인되어 있다는 것인가!"

"보고서에는 없는 내용이었는데!"

성혈 기사단은 물론이고 황제조차 경악했다.

"당연하지. 숨겨왔으니까."

"마룡 루벤스의 영혼이군요."

대마법사인 리오펠은 한눈에 알아보았다.

"쳐, 쳐라!"

드래곤 피어에 영향을 받지 않은 이들이 움직였다. 네 방향에서 합격진을 펼치는 순간이었다.

"환영검무!"

성준이 검을 휘두르자 수십 개의 칼날이 춤을 췄다. 실전검이 그대로 녹아 있는 검들의 습격에 선봉을 맡았던 성혈 기사단 수십이 끔찍하게 난자되어 쓰러졌다.

"괴, 괴물이다."

성혈 기사단장은 경악했다. 성혈 기사단에 소속된 가장 약한 뱀파이어 귀족의 전투력도 작은 성, 하나를 초토화시킬 정도였다.

그런데 그런 최정예 수십이 성준의 일검에 무너졌다.

"후우!"

피로 물든 검을 한 차례 털어내며 성준이 입을 열었다.

"나는 제국 최정예 13기사회의 최고 기사다! 나를 죽이려면 13기사회 전원을 이끌고 와야 할 것이다!"

성준의 일갈에 그 누구도 반박하지 못했다. 예상 밖의 무력은 기습에 가담한 모두를 당황하게 만들기에 충분했다.

옥좌로 시선이 갔지만 황제는 비밀 통로를 통해 모습을 감춘 뒤였다. 그곳에는 리오펠만 있을 뿐이었다.

성준의 전생, 로우켈은 다중차원 은신 마법을 사용할 수 있는 리오펠은 반드시 죽여야 한다고 생각했다.

"합격진을 펼쳐서 시간을 벌어주겠습니까? 대마법을 캐스팅하겠습니다."

리오펠이 자신감 넘치는 목소리로 말했다. 그는 자신이 자랑하는 대마법이라면 성준을 처리할 수 있을 것이라 생각했다.

"협력하겠다."

성혈 기사단장은 고개를 끄덕였다.

황제와의 밀약이 있기도 하고, 무엇보다 뱀파이어 공작 아켈스의 원수를 갚기 위해서 그들은 리오펠에게 적극 협력했다.

성혈 기사단이 방진을 갖추고 황실 친위대도 공세를 펼치기 위해 진형을 갖췄다.

"내가 대마법을 완성할 때까지 가만히 있을 것 같으냐!"

전생의 기억이 떠올랐다.

리오펠은 실전 경험이 부족한 자였다. 그의 성실한 설명과 요동치는 마력의 유동은 성준으로 하여금 그를 죽여야 할 우선순위로 설정하는 데 도움을 줬다.

"검성이 온다!"

"대응하라!"

오러로 이루어진 참격 수십이 쏟아지고 황실 친위대원 수십이 달려들었다. 하지만 성준은 아랑곳 않고 정면을 향해 달려 나갔다.

"오러에 난자당할 텐데!"

수십 개의 오러 참격이 전방에서 성준을 노리고 있었다. 모두가 성준이 미쳤다고 생각했다. 하지만 그 생각은 곧 부정당했다.

"하앗!"

기합과 함께 전방을 향해 강한 찌르기!

그것은 거대한 폭풍이 되어 수십, 수백 개의 날카로운 검풍을 쏟아냈다. 전방을 향해 불어닥친 날카로운 폭풍에 방진을 갖췄던 성혈 기사 수십이 갈가리 찢겨 나갔다.

"로, 로우켈의 폭풍검!"

"맙소사! 이 정도일 줄이야!"

적들은 폭풍검의 위력에 경악했다. 하지만 성준은 멈추지 않았다.

"질풍검."

앞으로 고속 이동하며 빠르게 검을 휘둘러 검풍을 일으키는 기술 질풍검의 발현에 폭풍검의 일격에도 불구하고 간신히 버티고 있던 성혈 기사들이 허수아비처럼 저항조차 못하고 쓰러졌다.

"이, 이런!"

호위를 맡은 성혈 기사단이 순식간에 전멸하자 리오펠은 크게 당황했다. 그는 캐스팅을 중단하고 캐스팅이 필요 없는 공격 마법을 시전하여 성준을 견제했다.

오색찬란한 불꽃이 허공을 수놓았다. 대마법사답게 무영창 마법임에도 불구하고 평범한 마법사가 전력을 다해 시전한 마법과 위력이 비슷한 수준이었다.

하지만 리오펠이 소환한 불꽃은 성준의 검날에 닿기가 무섭게 허무하게 사라졌다.

검술에 대해 잘 모르는 리오펠조차 방금 성준이 구사한 검술에 대해 잘 알고 있었다.

모든 마법사의 적, 파마검.

"파이어 블레이드!"

리오펠이 들고 있는 스태프에 불의 칼날이 깃들었다. 다급한 마음에 근접전을 시도하려는 생각이었지만 그것은 실전 경험의 부재가 불러온 엄청난 실수였다.

"감히 제국의 최고 기사에게 검술로 대응하는 건가!"

성준의 일갈에 리오펠은 뒤늦게 실수를 깨달았다. 하지만 물러나거나 다른 마법을 캐스팅하기엔 너무 늦었다.

성준의 고속 이동술은 제국에서도 손가락에 꼽을 정도였다. 이미 두 사람 간의 거리는 팔을 뻗으면 닿을 정도였다.

"크악!"

리오펠이 반응하기도 전에 성준이 먼저 검을 휘둘렀다. 오른팔이 잘린 리오펠이 신음을 내뱉었다.

스태프를 꽉 쥐고 있는 잘린 팔이 바닥에 나뒹굴었다. 이윽고 성준이 찌른 검이 리오펠의 심장을 관통했다.

"쿨럭!"

리오펠은 붉은 피를 쏟아내며 쓰러졌다.

"주군!"

문이 열리고 익숙한 얼굴의 남자가 뛰어 들어왔다. 그는 성준의 충직한 부관, 리슈발트였다. 그의 갑주는 엉망으로 망가져 있을 뿐만 아니라 피로 물들어 있었다.

안에서 이변이 생긴 것을 감지하기 무섭게 친위대장을 쓰러뜨리고 들어온 것이었다.

"제국군이 몰려오고 있습니다! 속히 피하셔야 합니다!"

리슈발트의 말에 성준은 이를 악물었다. 황제를 죽이고 싶었지만 지금 당장은 위협적인 다중차원 은신 마법을 구사하는 리오펠 공작을 죽인 것으로 만족할 수밖에 없었다.

"황제 폐하를 배신할 생각이냐!"

누군가 외쳤다. 성준은 걸음을 멈추고 목소리가 들린 방향으로 고개를 돌렸다.

"내가 충성했던 황제는 이제 없다."

8장
수집가

"허억!"

언제나 그랬던 것처럼 전생의 꿈은 갑작스럽게 끝났다. 꿈에서 깨어난 성준은 고개를 돌려 주변을 살폈다. 이제는 익숙해진 침실의 모습이 눈에 들어왔다.

"개자식들……."

이것으로 황제의 배신이 더욱 확실해졌다. 성준은 분노를 느꼈다. 꿈에서 깨어났지만 더러운 기분은 사라지지 않았다.

이것은 전생의 로우켈이 느꼈던 감정이었다.

-전생의 꿈을 꾸셨습니까?

리슈발트는 성준의 감정이 격류처럼 불안정하다는 것을 감지하고 물었다.

"그래, 알현실에서 습격받았던 게 기억났어."

리슈발트는 기억을 더듬었다. 성준의 동조율이 오르면서 그의 기억 또한 점차 완전해지고 있었기 때문에 같은 기억을 떠올리는 데 오래 걸리지 않았다.

-성혈 기사단이 황궁에 발을 들였던 그 날을 말씀하시는 겁니까?

"그래……."

-제국 역사상 가장 치욕스러운 날이었을 겁니다. 마물이 영광스러운 황궁에 더러운 발을 들였을 뿐만 아니라 감히 주군의 목을 노리다니!

리슈발트는 진심으로 분노했다.

"화내도 지나간 일은 변하지 않아. 그냥 우리는 다시 만날 때까지 그날 일을 잊지 않으면 될 뿐이야."

지나간 일에 화만 내는 것은 체력 낭비였다. 성준은 그저 그날 일을 기억할 뿐이었다. 분노를 잊지 않으면 갚아줄 순간이 왔을 때 망설임이 사라진다.

침실에서 나온 성준은 외출 준비를 서둘렀다.

-김현성 팀장이 말한 경매장에 갈 생각이십니까?

리슈발트의 물음에 성준은 고개를 저었다.

"아니, 일단 차를 한 대 뽑아야겠어."

운전 면허증은 가지고 있었다. 조금만 더 방치하면 장롱 면

허라고 불러도 좋을 정도여서 불안한 마음도 있지만, 운전대를 잡으면 배웠던 게 기억날 거라고 생각했다.

-자동차를 말씀하시는 겁니까?

"그래."

-좋은 생각이라고 생각합니다.

성준의 설명과 TV, 라디오 같은 것들로 현대 지식을 빠르게 흡수한 리슈발트에게 있어서 자동차도 어려운 단어는 아니었다.

"가자."

성준은 근처에 있는 판매점에서 1억 원짜리 외제 차를 5개월 할부로 결제했다. 성준은 차가 도착할 때까지 며칠간 던전 공략을 쉬었다.

얼마 후 도착한 외제 차를 수령한 성준은 그것을 타고 현성이 적어준 주소지로 향했다. 수도권 외곽이라고 생각했지만, 성준의 오피스텔과 가까운 위치였다.

"도로 사정이 좋네."

-수도권은 언제나 차량의 이동이 많다고 들었는데 오늘은 쾌적한 것 같습니다.

"10분이면 도착할 것 같아."

성준은 리슈발트와 대화를 나누면서 차를 운전했다. 운전대를 잡고 나니 불안감은 사라졌다.

10분 뒤, 어느 빌딩에 도착한 성준은 차를 주차했다. 그리고 입구를 통해 빌딩 안으로 들어갔다.

'지하라고 했었지.'

성준은 기억을 더듬어 현성과의 대화를 떠올리고는 지하를 향해 발걸음을 옮겼다. 현성은 지하 2층으로 가기 위해선 반드시 계단을 이용해야만 한다고 했었다.

정장을 입은 경비원이 지하 2층 입구를 지키고 있었다.

"손님이십니까?"

성준을 발견한 그가 조심스럽게 물었다. 성준이 차분한 표정으로 고개를 끄덕였다.

"암호를 말씀해 주시겠습니까?"

성준이 현성이 가르쳐 준 암호를 말하자 경비원은 옆으로 비켜섰다. 성준은 무기를 휴대하고 있었지만 별도의 제지는 없었다. 가장 접근하기 쉬운 경매장이라서 암호는 어렵지 않은 단어로 고정되어 있었다.

문을 열자 넓은 공간이 모습을 드러냈다.

벽면에 부착된 커다란 전광판에는 경매 일정이 자세히 나와 있었다.

다음 경매 일정은 1시간 뒤였다. 성준은 제2 경매장이라고 적힌 곳으로 이동해서 의자에 앉아 경매가 시작되기를 기다렸다.

-누군가 옵니다.

리슈발트가 보고했다.

성준은 대답 대신 고개를 끄덕였다. 다가오는 기척을 그가 느끼지 못했을 리가 없었다.

"처음이세요?"

성준의 옆에 앉은 남자가 친근하게 물었다.

"그게 중요합니까?"

"심심해서요. 처음이라면 경매장 이용 방법이나 간단하게 말해줄까 싶어서요."

"벨 누르고 여기 있는 태블릿으로 가격을 전송하면 되는 거 아닙니까?"

경매장 이용법은 현성에게 들어서 알고 있었다.

"뭐야, 처음 온 줄 알았는데…… 아니었잖아?"

남자는 혼잣말을 중얼거리며 멀어졌다. 뭔가 속셈이 있었던 것 같았지만 가버렸으니 상관할 이유는 없었다.

"안녕하세요! 오래 기다리셨습니다!"

시간이 되자 경매 진행자가 무장 경비원 2명과 함께 모습을 드러냈다. 무장 경비원 한 명이 중앙의 탁자 위에 보관함을 올려놓았다.

헝겊을 벗기고 보관함을 열자 안에는 고급스러운 장식이 붙어 있는 열쇠가 있었다.

"오늘 경매의 주인공은 '알 수 없는 열쇠'입니다. 태블릿을 보시면 관련 사진을 확대할 수 있습니다."

진행자의 말대로 태블릿에는 경매품의 이미지가 업로드되어 있었다. 성준은 이미지를 확대해서 살폈다. 보석 장식이 붙어 있고 고급스러운 문양이 각인된 판타지 분위기의 커다란 열쇠였다.

"계측기로 감정을 시도했지만 A급이라는 것 외에는 감정할 수 없었습니다. 아시겠지만 여기서 등급은 의미 없습니다! 중요한 건 외관이죠!"

진행자는 유쾌하게 말했다. 그는 손목시계를 확인한 뒤 다시 입을 열었다.

"그렇다면 본격적으로 시작하겠습니다. 경매 시작가는 1억입니다!"

띠링.

경매 시작을 선언하기 무섭게 벨이 울렸다.

"1억 5백만 원 나왔습니다!"

진행자가 마이크에 대고 외쳤다. 성준은 잔챙이들이 떨어져 나갈 때까지 기다렸다.

"2억 원! 더 없습니까?"

2억 원을 돌파하자 잔챙이들이 모두 떨어져 나갔다. 성준은 벨을 누르고 입찰을 눌렀다.

"2억 1천만 원입니다! 더 없습니까?"

성준은 게임이 끝났다고 생각했다.

하지만 누군가 상위 입찰을 하자 그의 차분한 표정이 흔들렸다. 상위 입찰 경쟁이 시작되었고 가격은 하늘을 뚫을 것처럼 상승했다.

불법 경매는 한계가 없었다. 이대로라면 끝이 없을 것만 같았다. 성준은 이를 악물었다.

'감히 내가 본 상품에 상위 입찰을 해? 죽고 싶은 건가?'

성준은 이를 악물고 최대 입찰가를 전송했다.

"3, 3억 2천만 원 나왔습니다!"

마음 같아서는 10억 원을 부르고 싶었지만 이곳에서는 한 번에 50% 이상 가격을 올릴 수 없는 게 규칙이었다.

'이제 끝났겠지.'

성준이 미소를 지은 순간이었다.

띠링.

벨이 한 번 더 울렸다.

"4억 5천만 원 나왔습니다! 더 없습니까?"

진행자가 외쳤다. 성준은 다시 벨을 눌렀다.

띠링.

"5억 원입니다!"

마지막이었다. 지금 당장은 미약하게 동조율을 올리기 위해서 많은 돈을 투자할 생각은 없었다.

"여기서 경매를 종료하겠습니다! 낙찰가는 5억 원! 24번 고객님, 축하드립니다!"

경쟁자는 더 이상 입찰을 시도하지 않았고 경매는 종료되었다. 사람들은 아쉬움을 뒤로한 채 경매장을 떠났고 성준과 관계자들만 남게 되었다.

"24번 고객님, 지금 수령하시면 됩니다."

진행자의 말에 성준은 계단을 내려가 물건을 수령했다.

"정규 회원이 아니시네요? 등록하고 가시겠어요?"

아이템을 수령하기 전에 진행자는 회원 가입을 권유했다.

현성의 설명이 맞다면 여기서 회원 가입을 해야 낙찰받을 때마다 회원 등급이 올라서 결국에는 VIP 경매장에 출입할 자격이 부여될 것이다.

"등록해 주세요."

"여기에 아이디와 비밀번호만 적어주시면 됩니다. 그러면 회원 번호가 부여됩니다. 분실하면 찾을 길이 없으니까 잘 기억해 두세요."

진행자가 태블릿을 건넸다. 성준은 아이디와 비밀번호를 입력했다. 나름 비밀스럽게 운영되는 곳이라서 그런지 개인 정보를 요구하지는 않았다.

등록이 끝나자 진행자가 계측기를 꺼냈다.

"감정 불가 아이템이 맞다는 것을 확인시켜 드리겠습니다."

확인 작업이 끝나고 아이템을 수령한 성준은 조심스럽게 빌딩을 나와 주차장으로 향했다.

"아무 일도 없네."

영화에서 보면 경매장에서 앙심을 품은 경쟁자가 자객을 보내는 경우도 있었지만 다행히 아무 일도 없었다.

-경매 물품의 가격이 올라가면 자객을 보내는 경우도 있을 것 같습니다.

리슈발트가 말했다.

성준은 입가에 희미한 미소를 그린 채 고개를 끄덕였다. 차를 타고 집으로 돌아온 성준은 보관함을 열고 열쇠를 꺼냈다.

"리슈발트."

성준의 부름에 리슈발트가 열쇠를 향해 마력을 흘려보내 이계의 기운을 거뒀다. 이계의 기운이 리슈발트에게 흡수되면서 과거의 기억 일부가 깨어났다.

-동조율이 20%가 되었습니다.

"1%나 오른 거야?"

성준은 깜짝 놀라서 물었다. 그러나 리슈발트는 고개를 저었다.

-실제로 상승한 동조율은 미약합니다. 얼마 전에 각성 던전에서 상승한 동조율이 19%에서 20%로 넘어가기 직전이었습니다.

"그랬군."

성준은 리슈발트의 설명에 고개를 끄덕이면서 계측기를 열쇠에 가져갔다.

-새로운 아이템의 존재를 확인.

계측기가 반응했다. 성준은 감정 기능을 사용했다.

[안벨의 만능열쇠]

A급.

효과 없음.

효과가 없는 아이템은 처음이었다. 하지만 그것보다도 '안벨'이라는 이름이 신경 쓰였다. 어디선가 들어본 듯했지만 기억나지는 않았다.

"안벨이라는 이름을 들어본 적 있어? 왠지 익숙한 이름인데……."

-제게도 익숙하게 느껴지는 이름이지만 정확한 기억이 없습니다.

성준은 리슈발트에게 물었지만 큰 도움은 되지 않았다. 리슈발트도 그 사실을 알고 있는 것인지 조금이라도 도움이 되기 위해 기억을 더듬었다.

이윽고 그가 입을 열었다.

-제국 특무군과 관련된 사람인 것 같습니다. 자세한 건 동조율이 조금 더 올라가야 알 수 있을 것 같습니다.

제국 특무군에 대한 정보는 적지만 깨어난 기억 속에 섞여 있었다. 그들은 제국의 은밀한 일들을 처리하는 특수한 군대였다. 암살과 침투를 주로 수행하는 부대이니, 관련 인물이 만능열쇠 하나 정도는 가지고 있어도 이상할 건 없었다.

"이거 진짜로 자물쇠를 열 수 있을까?"

문득 호기심이 들었다. 커다란 탓에 맞는 열쇠 구멍이 있을까 의문이었지만 리슈발트는 마력으로 기동하는 특수한 마도구일 확률이 높다고 말했다.

성준은 시험 삼아 침실 문을 잠그고 만능열쇠를 들이댔다. 물론 열쇠 구멍에는 맞지 않았지만 마력을 흘려보내자 달라졌다.

-작동합니다!

리슈발트가 말했다. 성준의 마력을 받아들인 만능열쇠에서 푸른 기운이 흘러나와 열쇠 구멍에 스며들었다.

딸칵.

침실 문이 열렸다.

"괜히 A급 아이템이 아니었네."

진짜 만능열쇠였다. 예상하지 못한 수확에 성준의 입가에 미소가 번졌다.

덕분에 그날 성준은 기분 좋게 잠들 수 있었다. 경매에서 사용한 5억 원이 아깝지 않았다.

다음 날 아침, 성준은 새로 얻은 A급 아이템인 '제국군 전투 사제복'의 성능을 시험해 보기 위해 과감하게 B급 던전의 솔플을 신청했다.

"B급 던전 솔플 일정 신청, 이대로 진행하면 될까요?"

사무원이 확인 차 물었다. B급 던전부터는 난이도가 가파르게 상승하기 때문에 솔플 신청자가 급격히 줄어드는 편이었다. 솔플 난이도와 위험도가 상승하기 때문에 B급 던전의 솔플 신청자들에겐 사무원들이 위험을 경고하고 확인 질문을 여러 번 하는 편이었다.

"지금 당장 솔플이 가능한 B급 던전이 없습니다. 조금만 기다려 주시겠어요?"

"연락 주세요."

B급 던전도 흔하게 출현하는 게 아니었다.

솔플 일정이 잡힐 때까지 며칠이 걸릴 것이라 생각했지만, 이틀 뒤 던전 관리국에서 연락이 왔다.

-솔플 일정이 잡혔습니다.

사무원은 친절한 말투로 솔플 일정과 던전 위치를 안내해

주었다.

-일정 조절이 필요 없으시다면 내일 오후 1시로 괜찮으십니까?

"그렇게 해주세요."

사무원의 물음에 성준은 흔쾌히 대답했다. 던전 관리국 직원과의 통화가 끝난 뒤, 성준은 마음을 다스리기 위해 가까운 공원으로 발걸음을 옮겼다.

공원을 산책하면 마음이 안정되었다.

리슈발트의 말대로라면 전생의 성준, 로우켈은 사냥을 즐겼던 것 같았지만, 한국에서 사냥은 즐기기 힘든 취미였다.

"아메리카노 하나 주세요."

공원 근처 카페에서 커피를 한 잔 구입한 성준은 벤치에 앉았다. 맑은 하늘을 올려다보거나 지나가는 사람들을 보며 시간을 보내는 그를 보며 리슈발트는 흐뭇한 미소를 지었다.

"왜 그래?"

-주군께서 여유를 가지는 모습을 보니 기분이 좋아서 그렇습니다.

쉬는 시간도 거의 없이 던전을 공략하는 성준의 모습을 지켜본 리슈발트는 언제나 그에게 휴식을 가질 것을 권유했었다. 요즘은 그나마 나아졌다고는 하지만 그럼에도 다른 헌터들에 비해서는 극히 적었다.

성준이 커피를 마시며 여유를 즐기고 있을 때였다. 누군가 그에게 다가왔다.

"또 만나네요."

성준은 옆으로 고개를 돌렸다. 익숙한 목소리의 주인공은 윤설아였다. 던전에서 정규 공략팀 에이스가 전멸한 후 시간이 꽤 흘러서 그런지 정신적인 충격은 많이 사라진 듯 밝은 얼굴이었다.

그녀는 여자지만 청룡 그룹의 후계 구도에 있는 사람이었기 때문에 보통 사람보다 정신력이 강한 편이었다.

"윤설아 씨?"

"옆에 앉아도 괜찮죠?"

성준이 고개를 끄덕이자 설아는 미소를 머금은 채 그의 옆에 앉았다. 그녀는 오른손에 커피를 들고 있었다.

"손진웅 횡령 증거물은 감사했습니다."

성준의 말에 설아는 조금 놀란 듯했지만 이내 표정을 가다듬었다.

"제가 청룡 그룹 사람이라는 거 들으셨나 보네요?"

"어쩌다 보니 알게 되었습니다."

성준은 대답과 함께 커피를 한 모금 마셨다.

그의 눈동자가 주변을 빠르게 훑었다.

'감시가 붙어 있네.'

이유는 알 수 없었지만 이곳을 주시하는 시선이 느껴졌다.

수가 많지는 않았다. 두 명 정도인 것 같았다.

"얼마 전에 A급으로 승급하셨다고 들었어요. 축하해요."

"본론으로 들어갑시다. 하고 싶은 말이 뭐예요?"

성준의 물음에 설아는 입가에 부드러운 미소를 머금은 채 입을 열었다.

"감시가 붙은 거 눈치채셨죠?"

"두 명 정도인 것 같네요."

"예리하시네요."

성준은 설아의 말에 긍정했다. 감시로 붙은 이들에게서 마력이 느껴지지 않는 것으로 보아 헌터는 아닌 것 같았다.

대화 소리는 들리지 않을 것이다. 설아가 감시에 대해 쉽게 말을 꺼내는 것을 보면 도청 장비도 갖추지 않은 모양이었다.

"할아버지, 그러니까 청룡 그룹 회장님은 어떻게든 그룹과 성준 씨 간에 연결 고리를 만들고 싶어 해요."

"그래서 설아 씨가 저를 찾아온 건가요?"

"맞아요. 성준 씨와 안면이라도 있는 건 저뿐이니까요."

청룡 그룹에서 연결 고리를 만들려는 이유는 짐작할 수 있었다. S급일지도 모르는, 혹은 발전 가능성이 있는 성준을 훗날 아군으로 만들기 위해서일 것이다.

특히 그룹 소속 길드 창설을 목표로 하는 태석에게 있어서 성준은 반드시 확보해야 할 인재였다. 그는 성준을 S급과 동급으로 보고 있었다.

"그래서 협력 관계를 유지하고 싶다 이겁니까?"

"거기에서 끝났으면 좋겠지만 할아버지는 더 강한 연결 고리를 원하는 것 같아요."

"무슨 뜻입니까?"

"해석은 성준 씨에게 맡길게요. 설명하는 건 별로 좋아하지 않거든요."

설아는 고개를 저었다. 성준은 내색하지 않았지만 그녀가 말한 강한 연결 고리의 의미를 짐작할 수 있었다.

"할아버지 때문에 제가 가끔 찾아올 거예요. 귀찮으시더라도 어울려 주셨으면 해요."

처음 던전에서 만났을 때는 발랄하고 기운이 넘쳤던 그녀였지만 지금은 힘이 없어 보였다.

"무슨 말인지 알 것 같습니다."

성준은 고개를 끄덕였다. 청룡 그룹에서 도와준 것도 있으니 설아의 연극에 참여하는 것 정도는 어렵지 않았다.

"일종의 연극이네요?"

"비슷해요. 손해 보는 일은 없을 거예요. 저와 연결 고리를 유지한다는 건 청룡 그룹과 연결된다는 말이니까…… 할아버지가 어떤 방식으로든 지원해 줄 거예요."

"어디 묶이는 건 싫은데요."

성준의 말에 설아는 피식 웃으며 고개를 저었다.

"걱정하는 일은 없을걸요? 할아버지도 성급하게 움직이진 않을 거예요."

"믿어보겠습니다."

성준의 대답을 들은 설아는 벤치에서 일어났다.

"가끔 찾아올게요. 그리고 그때 제 목숨을 구해준 건 정말 고맙게 생각해요."

대답 대신 고개를 끄덕이자 설아는 눈웃음을 치더니 걸음을 옮겼다.

"어지간히 나랑 친해지기 싫은 모양이네."

기분이 유쾌하지는 않았지만 설아의 입장도 이해할 수 있었다. 그녀도 자신의 인생이 있으니 할아버지인 청룡 그룹 회장의 장기 말로 쓰이는 게 싫었을 것이다.

-청룡 그룹이라면 이 나라에서도 손에 꼽는 대기업이라고 들었습니다.

리슈발트의 말에 성준은 고개를 끄덕이며 입을 열었다.

"그래, 제국으로 치면 대영주 정도 되겠네."

-제국에서 주군의 위치는 절대적이었습니다. 주군과 연이 닿기를 원한 유력 가문의 영애들이 줄을 설 정도였습니다. 지금 저 여자의 태도는 이해할 수 없습니다.

리슈발트는 성준과 거리를 두고 싶어 하는 설아의 생각을 이해할 수 없었다. 그에게 있어서 성준은 여전히 드높은 존재였다.

"전생과는 다르니까."

세력에 속해 있지 않은 A급 헌터의 영향력은 약한 편이었다. 물론 S급 헌터가 된다면 배경이 없더라도 국가보다 높은 곳에서 군림할 수 있다.

-주군⋯⋯.

리슈발트는 고개를 숙였다. 성준은 그 모습을 보며 피식 웃었다.

"집에 가자. 내일 B급 던전 공략하려면 일찍 자야지."

성준이 먼저 발걸음을 옮겼고.

-뒤따르겠습니다.

리슈발트가 그의 뒤를 쫓았다.

다음 날 성준은 예정대로 B급 던전 공략을 시작했다.

지하로 내려가서 철문을 열기 무섭게 오우거 하나와 오크 여덟 마리가 혼재된 순찰대가 그를 기다리고 있었다.

오우거는 몸집이 거대하지만 별다른 갑옷을 갖추고 있지 않았다. 성준은 허리에 걸려 있는 단검을 뽑았다.

"쿠워어!"

성준을 발견한 오크들이 움직였다. 그들은 도끼를 던지며 빠르게 접근해 왔다. 오우거 또한 무거운 몸을 움직였다.

휙.

"크워!"

성준이 던진 단검이 미간에 꽂히자 오우거는 짧은 비명을 내지르며 쓰러졌다.

쿵!

오우거가 쓰러지자 지면이 흔들리는 듯했다. 오크들과의 거리가 좁혀졌다. 성준은 왼손을 들어 올렸다.

"회수."

단검, 되돌아오는 중오가 왼손에 나타났다. 오른손에는 장검, 로엘이 들려 있었다. 그는 바람처럼 빠르게 달려가며 검을 휘둘렀다.

오크들이 피를 쏟으며 쓰러졌다.

-훌륭한 검술입니다! 역시 주군이십니다!

동조율이 20%가 되면서 더욱 정교하게 가다듬어진 실전검의 모습에 리슈발트는 진심으로 감탄했다.

"흡수."

성준이 쓰러진 마물들의 시체에서 마력을 흡수했다. 체력과 마력이 회복되면서 오러 지속 시간이 보충되었다.

성준은 계속해서 전진했다. 3시간 정도 쉬지 않고 전진하자 오크들의 출현 빈도가 줄어들고 그 자리를 오우거들이 대신하기 시작했다.

B급 마물 중에서도 상위 티어에 속하는 중무장 오우거들도 출현했다. 하지만 오러 앞에서는 평범한 오우거나 마찬가지였다.

"보스방인가⋯⋯?"

마력 흡수 덕분에 쉬지 보스방 앞까지 쉬지 않고 전진할 수 있었다.

중무장 오우거 2마리와 오크 주술사 하나를 포함한 오크 19마리가 보스방 입구를 지키고 있었다.

성준은 단검을 투척하는 것으로 전투를 시작했다.

"쿠워어어어어!"

중무장 오우거는 얼굴 전체를 가리는 통조림 같은 두꺼운 투구를 쓰고 있었지만 오러가 깃든 단검 앞에서는 무의미했다.

"쿠워어어어어!"

중무장 오우거 하나가 쓰러지자 남은 마물들이 성준을 향해 공세를 펼쳤다.

"흡수."

전투가 끝나고 성준은 마력을 흡수했다.

중무장 오우거 1마리, 그리고 오크 주술사를 포함한 오크 19마리를 처리하는 동안 성준은 작은 상처 하나 입지 않았다. 오크의 칼날이 두어 번 스친 듯했지만 성준이 입고 있는 제국군 전투 사제복의 질긴 섬유를 뚫지 못했다.

-안에서 심상치 않은 마력이 느껴집니다.

리슈발트의 말에 성준은 고개를 끄덕였다. 던전의 문은 내부의 마력과 기척을 일부 차단하는 마법진이 각인되어 있다.

그럼에도 불구하고 가끔씩 압도적인 존재감을 어필하는 경우가 있었는데, 지금이 바로 그런 상황이었다.

"버프를 한번 사용해 볼까?"

사제복에 '블레싱'이라는 옵션이 붙어 있었다. 효과가 어느 정도 되는지 궁금했기 때문에 지금 이곳에서 사용해 보기로 마음먹었다.

전투 전에 버프를 두르는 것은 기본 상식이었다.

"블레싱."

왼손을 들어 올리며 시동어를 내뱉자 마력이 빠져나가며 성준의 몸에서 찬란한 빛이 터져 나왔다. 몸이 가벼워진 게 느껴졌다.

"효과가 좋은 것 같은데?"

성준은 감탄했다. 실전에서 경험해 봐야 알겠지만 이 정도면 훌륭했다.

-동조율도 일시적으로 2%가 상승했습니다.

"그래? 괜찮네."

성준은 고개를 끄덕였다. 그리고 조심스럽게 철문을 열었다. 드론이 어둠을 밝히자 양손에 짧은 소검을 든 오크 하나가 모습을 드러냈다. 정돈된 갑주와 화려한 문장을 본 성준은 단번에 오크의 정체를 알아챘다.

'오크 전쟁군주.'

오크 검성을 제외하면 오크 중 유일하게 오러를 사용할 수 있는 마물이었다. 그리고 A급 상위 티어이기도 했다.

"정예 던전인가……."

성준은 혼잣말을 내뱉었다.

B급 던전에서 A급 마물이 보스로 출현하는 경우는 흔하지만 상위 티어는 A급 던전에서나 출현하는 편이었다. 예외가 있다면 정예 던전일 경우였다.

"운도 없네."

히든 던전만큼은 아니지만 정예 던전도 사전에 파악하기 힘들었다. 괜히 B급부터 솔플 공략의 위험도가 크게 증가하는 게 아니었다.

"후우!"

성준은 심호흡과 함께 차분하게 검을 고쳐 쥐고 천천히 거리를 좁혔다. 적이 앞에 있으니 싸울 수밖에 없었다.

둘의 거리가 좁혀지자 누가 먼저랄 것도 없이 일순간의 도약으로 총탄처럼 쏘아졌다.

다른 오크들과 다르게 괴성조차 지르지 않았다. 그저 조용히, 그리고 빠르게 일순간 거리를 좁히는 모습은 숙련된 살수를 보는 듯했다.

"……!"

오러가 충돌하면서 마력의 파편이 허공에 흩뿌려졌다. 오크 전쟁군주는 왼손에 든 소검으로 성준의 허리를 노렸다.

성준은 검격을 막기 위해 단검을 뽑았다.

"큭!"

성준이 신음을 흘렸다.

오러가 깃들기는 했지만 소검에 실린 힘을 단검으로 견디는 것은 쉽지 않았다. 블레싱으로 전체적인 신체 능력이 상승하지 않았다면 오크 전쟁군주의 무지막지한 힘이 실린 검격에 자세가 무너졌을 것이다.

버프를 받았다고는 하지만 오크 전쟁군주의 신체 능력이 조금 더 우월했다.

"크윽!"

성준은 허리에 검을 허용하고 말았다. 깊은 상처가 생기면서 핏물이 튀었다.

오크 전쟁군주는 기세를 이어가기 위해 날카로운 검격의 폭풍을 펼쳤다. 실전검의 경지가 낮았다면 도저히 막아낼 수 없을 정도였다.

"섬광 베기!"

성준은 짧은 순간 드러난 빈틈을 노리고 기술을 사용했다. 마력이 빠져나가면서 고속으로 휘둘러진 검이 오크 전쟁군주의 상체를 베어냈다.

"크워어!"

고통에 찬 비명을 지른 오크 전쟁군주는 연격을 피하기 위해 뒤로 물러났다. 스스로 현명하다고 생각했지만 성준을 상대로 거리를 벌린 것은 실수였다.

"힐!"

사제복으로 인해 증폭된 힐은 허리의 상처를 순식간에 회복시켰다. 힐을 시전한 성준도 놀랄 정도였다.

"크르르."

오크 전쟁군주는 마치 짐승처럼 으르렁거렸다. 분한 감정이 낮게 깔리는 소리에서 분명하게 전해졌다.

그는 다시 거리를 좁히기 위해 움직였다.

"슬래시!"

성준은 오러 참격의 시동어를 내뱉으며 검을 크게 휘둘렀다. 오러가 오크 전쟁군주를 향해 직선으로 날아갔다.

오크 전쟁군주가 두 개의 소검을 교차시켜 오러 참격을 막아내는 사이에 성준은 그에게 빠르게 달려들었다.

오크 전쟁군주는 오러 참격을 막아내면서 상체와 급소도 완벽하게 방어했다.

하지만 성준은 단검으로 그의 허벅지를 노렸다.

"크워!"

단검이 허벅지를 찌르자 오크 전쟁군주의 몸이 순간 경직되었다. 성준은 그 틈에 허벅지에 박힌 단검을 놓고 양손으로 로엘을 잡아 오크 전쟁군주의 가슴을 향해 검을 밀어 넣었다.

"쿠워어어어어!"

그 순간 오크 전쟁군주가 괴성을 내질렀다.

-워크라이입니다!

마력이 담긴 함성으로 적의 움직임을 일순간 제압하는 오크 전쟁군주와 오크 검성만 사용 가능한 상급 기술이었다.

마력 소모가 많은 기술인 만큼 효과는 확실했다. 적대적인 마력의 압박에 일시적으로 성준의 움직임이 멈춘 사이, 오크 전쟁군주가 뒤로 몇 걸음 물러났다.

'워크라이'을 사용하면 시전자의 근육도 일시적으로 위축되기 때문에 다음 공격을 이어갈 상황은 아니었다.

"허억!"

짧지만 길게만 느껴졌던 시간이 끝나고 성준은 재빨리 늘어져 있던 팔을 들어 올려 방어 자세를 취했다.

-오크 전쟁군주는 많이 지쳐 있습니다. 적극적인 공세를 펼

칠 필요 없이 장기전을 유도하면 될 것 같습니다.

리슈발트가 조심스럽게 의견을 말했다. 성준은 대답 대신 고개를 끄덕이는 것으로 동조했다.

오크 전쟁군주는 허벅지와 상체에 상처를 입은 탓에 출혈 상태가 지속되고 있었지만 성준의 상처는 힐로 완전히 회복되었다. 평범한 헌터였다면 보스방까지 오면서 체력과 마력 소모가 많았을 테지만 성준은 마력 흡수 덕분에 최상의 상태를 유지하고 있었다.

"후우!"

성준은 호흡을 가다듬으며 검을 고쳐 쥐었다. 철저한 방어 자세였다. 성준은 먼저 움직이지 않았다. 그가 방어 자세만 고집하자 오크 전쟁군주는 다급해졌다.

출혈은 멎지 않았고 결국 오크 전쟁군주는 먼저 움직일 수밖에 없었다.

"크워어어어!"

조용하고 빠르게 거리를 좁혔던 처음과는 달리 이번에는 급한 마음에 괴성과 함께 투박한 돌진을 감행했다.

서격.

"크워어!"

급한 마음을 다스리지 못하면 빈틈이 생긴다. 실전검을 연마한 성준은 오크 전쟁군주의 빈틈을 귀신같이 잡아냈다.

휘둘러진 검이 오크 전쟁군주의 왼팔을 날렸다. 하지만 그도 당하고만 있지는 않았다. 날렵하게 소검을 내찔러 성준의 어깨를 꿰뚫었다.

"큭!"

고통의 습격에 성준도 신음을 흘렸다. 오크 전쟁군주는 영리하게도 소검을 놓고 손도끼를 뽑아 들어 연격을 가했다.

"회수!"

성준은 시동어를 외치는 것으로 오크 전쟁군주 허벅지에 꽂혀 있던 단검을 회수하여 손도끼를 쳐냈다. 그리고 검을 휘둘러 오크 전쟁군주의 허벅지를 깊게 베었다.

핏물이 튀고 오크 전쟁군주의 자세가 무너졌다. 빠른 손도끼 연격으로 치명타를 노렸던 것 같았지만 뜻대로 되지 않은 지금은 성준이 오히려 기세를 잡았다.

-주군! 오러의 지속 시간이 30초 남았습니다!

7분에 달했던 오러 지속 시간도 오크 전쟁군주와의 전투에서 30초만 남겨두고 있었다.

하지만 상황이 좋지 않은 건 오크 전쟁군주도 마찬가지였다. 손도끼를 놓고 새롭게 뽑아 든 소검에서는 오러를 찾아볼 수 없었다.

'기회다.'

오러가 회복되기 전에 끝내야 한다. 성준은 고속 이동술을 펼쳤다. 오크 전쟁군주의 눈동자가 빠르게 움직였다. 그의 시선은 성준의 움직임을 놓치지 않았지만, 문제는 그다음이었다.

오러를 막을 수단이 없었고 과다 출혈로 인해 신체 능력이 저하된 상태라서 회피도 무리였다. 잠깐이지만 죽음의 사신이 보이는 듯했다.

서걱.

"크워어!"

성준이 휘두른 로엘은 소검을 자르고 지나쳐 오크 전쟁군주의 목을 베어냈다. 피분수가 솟구치고 오크 전쟁군주는 힘없이 쓰러졌다.

-공략 확인, 계측 완료. B급 던전을 클리어하셨습니다.

계측기가 반응하자 성준은 시체에서 마력을 흡수하고 마정석을 루팅했다. 아이템은 드랍되지 않았다.

"리슈발트, 동조율은?"

-여전히 20%입니다. 하지만 제가 소수점 단위를 파악하지 못해서 그렇지 동조율의 상승은 분명히 있었습니다.

"헌터들을 잡았을 때에 비하면 오르는 양이 적네."

-'헌터'라고 불리는 이쪽 세계의 능력자들은 마물에 비해 보유한 마력이 많습니다.

리슈발트의 설명에 성준은 고개를 끄덕이며 던전을 나가기 위해 마정석이 가득 든 가방을 들고 발걸음을 옮겼다.

던전을 나온 성준는 대기하고 있던 직원에게 공략 사실을 보고했지만 아쉽게도 이번에는 신기록을 달성하지 못했다.

차에 올라타서 시동을 걸려던 순간이었다.

띠리링.

스마트폰 화면에는 현성의 번호가 찍혀 있었다.

"여보세요?"

-강성준 씨! 큰일 났습니다!

다급한 목소리가 흘러나왔다.

9장
침식 던전

"큰일이요?"

성준이 물었다.

-예, 헌터 관리국에서 강성준 씨의 도움이 절실하게 필요합니다. 실례지만 지금 어디십니까?

"조금 전에 던전 솔플이 끝나서 이제 던전 관리국으로 가려고 하는 중입니다. 그런데 무슨 일입니까?"

성준이 물었다.

-던전과 관련된 일입니다. 첫 번째 파티를 구하러 들어간 두번째 파티도 일주일째 나오지 않고 있습니다. 그래서 던전 내부를 조사하고 공략할 헌터가 필요합니다!

"파티가 던전에서 나오지 않는 경우는 흔하지 않습니까? 조급해할 문제는 아니라고 보는데요."

성준이 보기엔 사소한 문제였다. 그래서 현성이 다급해하는 것을 이해하지 못했다.

-보안상의 문제 때문에 전화로 설명할 수는 없지만 한 가지 말씀드릴 수 있는 건…… 상황이 생각보다 심각하다는 겁니다.

"도대체 무슨 일입니까?"

-지금까지 단 한 번도 출현하지 않았던 새로운 타입의 던전입니다. 도와주신다면 관리국이 아니라 국가 차원에서 보상이 갈 겁니다.

성준은 현성의 말에서 사태의 심각성을 느낄 수 있었다. 국가 차원의 보상이 있다는 것은 국가에서도 주시하고 있을 정도의 문제라는 걸 의미했다.

보통 던전과 관련된 일은 두 개의 관리국에서 처리해 왔다. 국가가 나서거나 보상을 지급하는 일은 드물었다.

"보상은 확실한 겁니까?"

보상이 있으면 도와주지 못할 이유도 없었다.

-상황이 심각한 만큼 보상 규모도 큽니다. 자세한 건 관리국에서 이야기하시죠.

바쁜 것인지 현성은 전화를 오래 이어가지 않으려고 했다. 그의 목소리에서 다급한 감정이 묻어 나왔기 때문에 성준은 흔쾌히 전화를 끊었다.

성준은 B급 던전을 솔플하면서 루팅한 마정석을 던전 관리국에서 매각하고 4억 원을 정산받았다. 솔플이라서 고생은 했지만 그만큼 자신의 몫이 많았기 때문에 자연스레 입가에 미소가 번졌다.

"강성준 씨?"

안경을 쓴 여자가 다가왔다. 목에는 헌터 관리국 직원이라는 것을 나타내는 명찰이 걸려 있었다.

"팀장님이 보내셨어요?"

"네, 회의실까지 안내해 드릴게요."

성준은 그녀와 함께 헌터 관리국의 회의실이 모여 있는 층에 도착했다.

회의실 한 곳에서 심각한 얼굴의 현성이 나오자 성준을 안내했던 여직원은 양해를 구하고 떠났다.

"강성준 씨!"

그는 성준을 발견하고는 달려왔다.

"안으로 들어가시죠. 설명하겠습니다."

회의실 안에는 직원이 한 명 있었다. 현성의 사무실을 오고가면서 여러 번 본 적 있는 얼굴이었다. 성준과 현성이 들어오자 직원은 고개를 숙인 뒤 회의실을 떠났다.

성준은 비어 있는 의자에 앉으며 입을 열었다.

"설명해 보세요. 새로운 타입의 던전이라니…… 무슨 말입니까?"

성준이 물었다.

"말 그대로입니다. 기존의 던전과는 전혀 다른 특징을 가진 던전이 등장했습니다. 던전 관리국에서는 상황을 제대로 파악하지 못한 상태에서 매칭을 진행했고 A급 헌터 5명으로 구성된 파티가 진입했지만 돌아오지 못했습니다."

"난이도는요?"

"던전 관리국에서는 A급으로 판단했었지만 상향 조정이 필요할 것 같습니다."

"A급 이상이라는 말입니까? 동급의 던전에서 파티가 전멸하는 경우는 흔하잖아요."

던전에는 언제나 위험이 따른다. 정예 던전을 만나지 않더라도 동급의 던전에서 돌아오지 못하는 헌터는 많았다.

"저희 측에서 고용한 정규 공략팀 '스피어'가 던전에 진입했다가 마찬가지로 돌아오지 못했습니다."

"스피어라면 S급 헌터가 소속된 곳 아닙니까? 그런데 A급 던전에서 돌아오지 못했다는 말입니까?"

성준의 물음에 현성은 무거운 표정으로 고개를 끄덕였다.

"한국 랭킹 15위의 양동진 씨를 포함한 전원이 일주일이 지난 지금까지 돌아오지 못했습니다."

일주일 동안 던전에서 나오지 못했다면 전멸했을 가능성이 높았다.

"랭킹 13위의 최은주 씨가 팀장으로 있는 정규 공략팀 '디케'에도 의뢰를 넣어놨습니다. 강성준 씨가 허락한다면 같이 움직일 겁니다."

"레이드도 아닌데 이렇게 급하게 움직이는 이유가 뭡니까?"

성준의 물음에 현성은 주변을 한 차례 살피더니 입을 열었다.

"관리국에서는 이 던전을 레이드보다 더한 위험으로 규정지은 상태입니다. 한시라도 빨리 던전을 공략해야 합니다."

"도대체 무슨 던전이길래……."

"던전은 지금도 주변을 침식하면서 범위를 넓히고 있습니다. 관리국에서는 레이드처럼 마물들이 쏟아져 나올 수도 있다고 판단하고 있습니다."

현성의 설명에 성준은 깜짝 놀랐다.

침식하면서 넓어지는 던전이라고?

조급하게 움직이는 현성과 관리국의 입장을 이해할 수 있을 것 같았다. 기존의 던전은 공략에 실패해도 얌전히 그 자리를 지키고 있기 때문에 레이드와 비교하면 위험도가 거의 없었다.

하지만 현성과 관리국이 조사한 내용이 사실이라면 '침식 던전'은 레이드와 비교할 수 있을 정도로 위험했다.

"랭킹이 더 높은 S급 헌터들을 부르는 게 좋지 않겠습니까?"

성준의 물음에 현성은 고개를 저으며 입을 열었다.

"지금 당장 던전 공략에 임할 수 있는 S급 헌터는 디케의 최은주 씨밖에 없습니다."

던전 안에서는 마력 때문에 통신 장비도 사용할 수 없다. 그래서 S급 헌터들이 던전을 공략 중이라면 연락이 닿지 않았을 것이다. 그리고 S급 헌터들은 대부분 자유롭게 행동하기 때문에 서울에 없는 경우도 많았다.

"침식 속도가 빠릅니다. 디케에서 팀이 소집되는 대로 출발하셔야 합니다."

"굳이 저한테 요청하는 이유라도?"

"디케를 제외하고 지금 당장 저희가 요청할 수 있는 헌터 중에서 강진혁 씨가 가장 레이팅이 높고 우수하다고 판단했습니다."

관리국에 소속된 A급 헌터들도 있지만 당장 움직일 수 없는 이들이 많았다.

"디케는 언제 온다고 합니까?"

"곧 올 겁니다."

"서두르세요. 저도 시간이 많이 없으니까요."

성준의 말에 현성은 고개를 끄덕였다.

최은주가 이끄는 정규 공략팀, '디케'가 도착했다.

현성은 성준이 우수해서 요청했다고 말했었지만 간단한 브리핑을 받고 던전 입구에 모였을 때서야 정확한 이유를 알 수 있었다. 디케에서 회복계 헌터를 데려오지 않았다.

팀원의 설명에 의하면 디케는 원래 휴가 중이었고 회복계 헌터도 오랜만의 휴가를 기념해서 미국에 여행을 가버렸다고 한다. 헌터 관리국에서 베테랑 회복계 헌터를 보충해 주는 조건으로 제안을 수락한 것이었다.

"강성준 씨?"

디케의 팀장인 은주가 다가왔다.

성준은 목소리가 들리는 방향으로 고개를 돌렸다. 그녀의 모습이 보였다. 단발이 바람에 흔들렸다. 눈웃음이 잘 어울리는 눈매와 이목구비는 귀여운 강아지 같았다.

리슈발트는 두 눈을 가늘게 뜨고 은주를 살피더니 입을 열었다.

-S급 헌터라서 그런지 강대한 마력이 느껴집니다.

성준은 리슈발트의 말에 동의했지만 고개를 끄덕이거나 대답하지 않았다. 보는 눈이 많아서 그랬다가는 이상한 사람 취급을 받을 수도 있었다.

"무슨 일이십니까?"

성준의 물음에 은주는 차분한 표정으로 입을 열었다.

"브리핑룸에서 가르쳐 준 내용 기억하고 계시죠?"

은주는 브리핑룸에서 성준에게 디케의 공략 방식에 대해 간단하게 설명해 줬었다.

"물론입니다."

"사실 회복계 헌터가 숙지해야 할 내용은 많이 없어요."

은주의 말에 성준은 고개를 끄덕였다. 같이 호흡을 맞춰야 하는 전투계 헌터라면 모를까 회복계인 그가 신경 써야 할 건 별로 없었다.

"별일 없을 거니까 너무 수칙에만 얽매이지 말고 힐에 집중해 주세요."

"알겠습니다."

디케의 모든 팀원이 모였지만 은주는 던전의 문을 열지 않았다. 헌터 관리국에서 조사를 위해 파견한 인원을 기다리고 있었다.

이윽고 던전 입구에 도착한 승합차에서 현성과 조사원 2명, 그리고 그들을 경호할 헌터 1명이 내렸다.

현성과 조사원 2명은 방탄복과 권총으로 무장하고 있었다. 방탄복은 몰라도 권총은 도움이 안 되겠지만 마음의 안정을 위한 것으로 보였다.

-A급 헌터입니다. 굳이 분류하자면 하위 티어 정도인 것 같습니다.

성준이 현성과 인사를 주고받는 동안 리슈발트는 경호를 맡은 헌터의 경지를 파악했다.

현성과 조사원 2명의 경호를 맡은 헌터를 제외하더라도 S급 헌터 1명과 A급 헌터 10명은 A급 던전을 공략하기 위한 인원 치고는 과잉 전력이었다.

하지만 2번의 전멸이 있었던 탓에 관리국에서도 신중할 수밖에 없었다.

"마지막으로 장비 점검할게요."

A급 던전은 넓다. 그리고 지금 진입하는 곳은 주변을 침식하여 넓어진 탓에 평범한 A급 던전보다 넓었다. 그래서 식량과 장비 등의 점검을 철저하게 할 필요가 있었다.

"점검 끝났습니다!"

"좋아요. 대열을 갖춰주세요."

은주의 말에 헌터들이 대열을 갖췄다. 성준도 미리 안내받은 대로 자신의 자리를 찾아갔다. 디케의 보조계 헌터 한 명과 관리국의 조사대가 성준과 함께 후방에 자리 잡았다.

"강성준 씨, 잘 부탁드리겠습니다."

현성이 성준의 옆으로 다가와 말했다. 애써 미소를 짓고는 있었지만 긴장한 기색이 역력했다. 원래 던전 등급을 파악하기 위해 사전 조사를 할 때도 내부까지 진입하는 일은 없기 때문에 조사관인 그도 긴장할 수밖에 없었다.

성준은 그를 안심시키기 위해 차분한 표정으로 입을 열었다.

"제 옆에만 있으면 안전할 겁니다. 그런데 조사원 2명은 못 보던 얼굴이네요."

"아……. 던전 관리국에서 파견한 조사원들입니다. 흔치 않은 일이라서 합동 조사를 하게 되었습니다."

현성이 설명했다.

던전 관리국이 가장 많은 조사 인력을 보유하고 있어서 던전 조사를 관할하고 있지만 헌터 관리국 또한 조사 인력을 보유하고 있었기 때문에 중요한 일에는 조사 인력을 보내서 합동 조사를 진행해 왔다.

"문 열게요."

은주가 문을 열자 지하로 내려갈 수 있는 넓은 계단이 모습을 드러냈다. 10기의 드론이 어둠을 밝히자 파티는 천천히 지하로 향했다. 지하에도 문이 하나 더 있었다.

"문 여세요."

진정한 던전 입구는 다른 헌터가 열었다.

"적이다!"

문을 열기 무섭게 누군가의 날카로운 경고와 함께 수십 개의 얼음 조각이 파티를 향해 쏟아졌다.

은주는 등에 메고 있던 대검을 뽑아 들었다. 광휘의 검이라는 이명에 걸맞게 선명한 백색의 오러가 대검에 깃들었다. 그녀가 대검을 휘두르자 허공을 뒤덮은 얼음 조각들이 일격에 파쇄되었다.

'30마리 정도인가?'

성준은 느껴지는 마력의 기척으로 습격해 온 마물의 수를 짐작했다. 파티가 전진하면서 드론의 조명이 전방을 비추자 어둠 속에서 정령 현상을 한 마물들이 모습을 드러냈다.

"수는 31마리입니다! 얼음 석궁수와 냉기 마법사, 그리고 질풍 기사가 혼재되어 있습니다!"

성준의 예상은 정확했다.

"시작부터 A급 마물이야?"

누군가 불평했다. 얼음 석궁수는 B급 마물이었지만 냉기 마법사와 질풍 기사는 A급 마물이었다. 얼음 석궁수의 수는 10마리에 불과했고 나머지는 냉기 마법사와 질풍 기사들이었다.

초입부터 A급 마물들이 이렇게 많이 등장한다는 것은 결코 좋은 징조가 아니었다.

"먼저 간 사람들이 있다고 하지 않았어? 왜 마물이 초입부터 있는 거야!"

누군가 불평하자 현성이 입을 열었다.

"브리핑 때 말씀드렸다시피 특수한 던전입니다! 지금까지의 상식은 버리세요!"

냉기 마법사들이 기다란 얼음 스태프를 흔들자 날카로운 얼음 조각의 폭풍이 다시 한번 파티를 덮쳤다.

"프로텍트!"

마법계 헌터가 스태프를 들어 올리자 방어 장벽이 파티를 뒤덮었다. 하지만 냉기 마법사의 수가 결코 적지 않았던 탓에 공격 마법이 강력했고, 방어 장벽의 취약한 곳이 하나둘 뚫리고 말았다.

모두 A급 헌터라서 쉽게 피격당하지는 않았지만 방어 장벽 내부의 공간이 넓지 않은 탓에 피하는 데는 한계가 있었다. 결국 헌터 한 명이 다리에 부상을 입고 쓰러졌다.

"부상 발생!"

"힐!"

부상자가 발생했다는 말에 성준은 바로 반응했다. 그가 손을 뻗으며 시동어를 외치자 백색의 빛이 반짝이더니 쓰러진 헌터의 부상이 순식간에 회복되었다.

"히, 힐량의 상태가……?"

"회복이 엄청 빨라!"

부상자의 옆에 있던 헌터 2명은 전투 중인데도 불구하고 성준의 힐량에 감탄했다.

"완전 회복까지 10분은 걸릴 줄 알았는데……."

상처는 순식간에 회복되었다. 부상자도 회복에 10분 정도 걸릴 것이라 생각했던 상처가 1분 만에 회복되자 놀란 얼굴이었다.

하지만 놀라는 것도 잠시였다. 그는 베테랑 헌터답게 부상이 회복되기 무섭게 대열에 합류했다.

"영미야, 블레싱 걸어줘. 방어 장벽 해제하면 돌격할게."

은주는 정규 공략팀 내부에서 유일하게 말을 놓은 A급 보조계 헌터 서영미에게 '블레싱' 버프를 부탁했다. 서영미는 완드를 들어 올리며 입을 열었다.

"블레싱!"

시동어를 외치자 마력이 헌터들의 신체를 강화했다.

"철수 씨, 방어 장벽 해제하세요."

이대로라면 끝이 없다. 언젠가는 마법계 헌터인 김철수의 마력도 바닥나게 될 것이다.

최선의 방어는 공격이라는 말도 있지 않은가?

지금은 공격해야 할 때였다.

"해제합니다."

철수가 방어 장벽을 해제하자 은주가 백색의 오러가 깃든 대검을 휘두르며 냉기 마법사를 향해 쇄도했다. 전투계 헌터 4명이 그녀를 뒤따랐고 나머지는 대열에 남았다.

"크아악!"

"힐!"

냉기 마법사의 공격 마법에 헌터 한 명이 쓰러졌다. 성준은 곧바로 힐을 시전하여 그를 지원했다.

공격조가 접근하자 얼음 저격수와 냉기 마법사들을 보호하기 위해 질풍 기사들이 헌터들의 앞을 막아섰다.

"내가 맡을게요!"

짧은 외침과 함께 은주의 모습이 사라졌다. 고속 이동술을 펼친 것이었다.

파티원 중에서 그녀의 움직임을 눈으로 쫓을 수 있는 헌터는 성준이 유일했다.

그녀의 움직임이 잠시나마 멈출 때마다 질풍 기사가 하나씩 쓰러졌다.

-마력의 양은 주군보다 우수한 것 같지만 실전 능력은 부족한 것 같습니다.

리슈발트가 은주의 고속 이동술을 보고 내린 평가였다. 그녀의 움직임을 완전히 쫓지는 못했지만 경지를 가늠할 수는 있었다. 성준은 고개를 살짝 끄덕이는 것으로 동조했다.

그녀의 고속 이동술은 빨랐지만 불필요한 움직임이 많았다. 성준이 그녀와 비슷한 마력을 가지고 있었다면 더욱 빠르게 움직일 수 있었을 것이다.

-한계 초월로 동조율을 끌어 올리신다면 주군이 무난하게 이길 수 있을 것 같습니다.

궁금하지 않은 것도 군이 설명하는 리슈발트였다.

"앞으로!"

누군가 외쳤다.

은주가 질풍 기사들의 전열을 무너뜨린 덕분에 그녀를 뒤따르고 있던 전투계 헌터들이 냉기 마법사들과 얼음 저격수들과 근접전을 벌일 수 있었다.

냉기 마법사는 A급 마물이었지만 위력적인 원거리 공격을 펼칠 수 있는 대신 근접전에 약했다.

기세는 헌터들이 잡았다. 이윽고 질풍 기사들을 정리한 은주까지 합류하자 그들은 얼마 지나지 않아서 전멸했다.

"부상은요?"

"2명 있었지만 힐러님 덕분에 모두 회복되었습니다."

"벌써요?"

누군가의 대답에 은주는 깜짝 놀라 부상을 입었던 헌터들을 살폈다. 방어구가 찢어진 흔적은 있었지만 상처는 보이지 않았다.

"제가 말한 부상의 정도는 전투에 지장이 있을 정도라는 거 아시죠?"

은주가 말했다.

부상을 입었던 헌터는 방어구가 손상 입은 부분을 가리키며 입을 열었다.

"방어구의 손상 정도를 보시면 알겠지만 작은 상처는 아니었습니다. 힐러님의 힐량이 엄청났습니다."

"어디서 지원 오신지는 모르겠지만 이 정도면 A급 최상위 티어를 넘어선 탑 티어 같습니다."

"덕분에 공략 속도가 빨라질 것 같아요."

정규 공략팀에 소속된 헌터들의 칭찬이 잇따르자 은주의
시선이 성준에게 향했다. 현성과 이야기를 나누고 있던 그는
은주의 시선을 느끼고 고개를 돌렸다.

"고마워요."

그녀는 짧게 감사를 표했다.

성준의 입가에 미소가 번졌다.

"제 역할에 최선을 다했을 뿐입니다."

성준의 대답에 은주도 미소를 지어 보였다. 그러고는 몸을
돌려 전방으로 향했다.

"계속 진행할게요."

"김 팀장님 말대로 특수한 던전이니까 지금까지의 상식은
버리는 게 좋을 것 같습니다."

은주의 말이 끝나기 무섭게 철수가 덧붙였다.

파티는 한참 전진하다 정령 계열의 마물 무리와 두 차례 더
조우한 뒤 잠깐의 휴식을 취하기 위해 넓은 공동의 구석에 전
등 하나를 놓고 모여 앉았다. 조명 드론들이 주변을 순찰하듯

돌아다니며 어둠을 밝혔고 전투계 헌터 한 명이 교대로 주변을 경계했다.

"강성준 씨라고 하셨던가요? 힐량이 상당하시던데, 혹시 소속된 곳이 있으세요? 길드나 정규 공략팀 말이에요."

현성의 옆에 앉아서 휴식을 취하고 있는 성준에게 은주가 다가와 물었다. 누가 봐도 정규 공략팀 가입 권유를 위한 질문이었다.

성준은 미소를 지으며 입을 열었다.

"소속된 길드나 정규 공략팀은 없습니다."

"괜찮으시다면 디케에 들어오지 않겠어요?"

"아직 어딘가에 소속되고 싶은 생각은 없습니다."

성준은 고개를 저으며 대답했다. 정규 공략팀은 길드와 달리 정산금을 떼어 가지는 않지만 반드시 지켜야 하는 정규 공략 일정이 있었다. 아직은 얽매이고 싶지 않았다.

"A급 던전부터는 정규 공략팀의 비중이 높아서 매칭으로는 힘들 텐데요……."

난이도가 급격하게 높아지는 B급 던전부터 매칭으로 구성되는 파티의 비중이 줄어들며, A급 던전부터는 거의 필수라고 해도 좋을 정도로 정규 공략팀의 비중이 높았다.

"천천히 공략할 생각입니다."

"던전 공략이 끝날 때까지 천천히 생각해 보세요."

"알겠습니다."

은주는 귀여운 눈웃음을 남기고는 자리에서 일어났다. 옆에서 듣고 있던 현성이 가까이 다가왔다.

"디케는 헌터들이 취직하고 싶어 하는 정규 공략팀 중 하나인데 먼저 가입 권유를 받으셨으니…… 대단한 일입니다."

현성이 말했다.

정규 공략팀에 가입하는 것을 헌터들은 '취직'이라고 말하곤 했다. 고난이도 던전으로 갈수록 매칭이 힘들어지는데, 정규 공략팀에 가입하면 확실한 고정 수입이 생기기 때문이었다. 그리고 S급 헌터가 소속된 길드나 정규 공략팀은 인기가 많은 편이었다. 인기가 많은 만큼 그들은 철저하게 면접을 보고 실력 위주로 헌터들을 뽑았다.

"던전에 대해서는 알아낸 게 있습니까?"

성준의 물음에 현성은 어두운 표정으로 고개를 저었다.

"아뇨. 아무것도 없습니다. 던전이 왜 나타났는지 관리국에서 그 이유를 모르는 것처럼 이번에도 원인을 파악하지 못할 확률이 높습니다."

던전이 처음 나타났을 때, 여러 국가에서는 막 각성한 헌터들을 선두로 조사대를 구성해 던전으로 파견했었다. 하지만 그 어떤 국가에서도 던전과 레이드가 출현한 이유를 알아내지 못했다.

"그렇군요."

성준은 고개를 끄덕이며 대답했다. 지금 던전이 출현한 진짜 이유에 가장 근접한 가설이 있는 사람은 전 세계에서 성준이 유일했다.

"자아, 진행하겠습니다."

짧게만 느껴졌던 휴식이 끝났다. 헌터들은 자리에서 일어나 대형을 갖췄다.

30분 정도 쉬지 않고 걸은 끝에 파티는 어둠 속에서 뭔가를 발견했다.

"조명 부탁할게요."

은주의 요청에 헌터 한 명이 손전등을 어둠을 밝혔다. 손전등의 조명이 향한 곳에는 하얀 천에 덮여 있는 뭔가가 있었다.

"저거 시체 아닙니까?"

"시체가 맞을 겁니다."

현성의 물음에 성준이 대답했다.

던전 공략 진행 중에는 시체를 수습하기 쉽지 않기 때문에 전투가 끝나고 나서 구석에 두고 가는 경우가 많았다. 구석에 두면 공략이 끝난 뒤 던전 관리국에서 직원들을 보내 회수했다.

"저희 쪽에서 확인하겠습니다!"

은주가 고개를 끄덕이자 현성은 조사원 2명을 앞으로 보냈다. 마물의 습격에 대비해 경호를 맡은 A급 헌터가 그들과 동행했다. 그들은 시체를 가리고 있는 천의 일부를 조심스럽게 열어 시체 2구의 얼굴을 확인했다.

"신원을 확인했습니다. 1차 공략팀 소속이었던 B급 헌터 2명입니다."

조사원들이 대열로 돌아와 현성에게 보고했다. 2차 공략팀과 달리 1차로 진입한 파티에는 B급 헌터가 2명 포함되어 있었다.

예상치 못한 던전의 난이도 탓에 비교적 실력이 부족했던 B급 헌터 2명이 먼저 목숨을 잃은 것 같았다.

"다시 진행할게요."

은주의 말에 파티가 다시 움직였다.

'뭔가 있다.'

대열을 따라 분주하게 발걸음을 옮기던 성준은 불길한 기척을 느꼈다. 전방에도 있었지만 전방의 양쪽 측면에도 다수의 기척이 느껴졌다.

'매복이다.'

성준은 확신했다.

'경고해야겠어.'

은주가 들을지 의문이었지만 파티에 위험을 경고해야만 했다. 성준은 그녀가 있는 대열의 선두를 향해 달렸다.

"강성준 씨! 대열을 벗어나면 위험해요!"

영미가 말했다.

"최은주 씨에게 할 말이 있습니다."

그는 짧게 대답한 뒤 은주에게 향했다. 선두에 있던 은주가 발걸음을 멈추자 뒤따르던 헌터들이 일제히 걸음을 멈췄다.

"무슨 일이세요?"

은주의 물음에 성준은 차분한 표정으로 입을 열었다.

"앞에 마물이 있습니다."

"그건 저도 알고 있어요."

은주도 앞에서 기다리고 있는 마물 무리의 존재는 기척 감지로 알고 있었다.

"매복의 존재도 알고 계셨습니까?"

"매복이 있다는 말이에요?"

성준의 물음에 은주는 고개를 저었다. 매복의 존재는 눈치채지 못한 것 같았다. 그때 후열에서 대기하고 있던 마법계 헌터, 철수가 거리를 좁혀 왔다.

"힐러인데 기척 감지가 됩니까? 팀장님, 너무 새겨듣지 않아도 될 것 같습니다. 속보로 전진하는 게 좋지 않겠습니까?"

성준을 무시하는 기색이 역력했지만 은주는 고개를 저었다.

"아뇨. 앞에 있는 마물의 기척을 읽을 정도면 어느 정도 감각이 있다고 봐야 해요. 주의해서 이동해요, 우리."

은주는 성준의 의견을 받아들였다. 자신의 의견이 무시당한 것 같은 기분이 들었는지 철수의 표정이 살짝 구겨졌다.

그들은 조심스럽게 전진했고 10분이면 도착할 거리를 30분 만에 도착했다. 그리고 그들의 앞에 화염 광전사와 질풍 기사로 구성된 마물 무리가 나타났다.

그들은 파티를 발견하고도 먼저 움직이지 않았다.

"매복은 없잖습니까! 시간만 낭비……."

철수는 말을 끝까지 잇지 못했다. 대열을 이탈해서 은주를 형해 걸음을 옮기던 그는 힘없이 쓰러졌다.

잘린 머리가 피로 물든 돌바닥에 나뒹굴었다.

"제기랄!"

성준은 욕설을 내뱉었다. 그는 이미 검을 뽑은 상태였지만 매복을 가한 마물의 수준이 높았던 것인지 기척을 알아차리는 게 늦었다.

"매복이다!"

철수가 쓰러지자 헌터들이 뒤늦게 무기를 들어 올렸고 성준은 날카로운 시선으로 주변을 살폈다.

-매복은 더 있습니다. 하지만 처음 기습을 가한 마물의 기척은 전혀 느껴지지 않습니다.

리슈발트가 말했다.

성준도 마찬가지였다. 천장과 측면에 몸을 숨기고 있는 마물들의 기척은 분명하게 느껴졌지만 철수의 머리를 날려 버린 마물은 유령처럼 사라져 버렸다. 하지만 그가 노릴 대상은 분명했다.

'위력적인 공격이 가능한 마법계를 노렸으니까 다음은 회복계인 나를 노리거나 보조계를 노릴 거야.'

성준의 눈동자가 바쁘게 움직였다.

"매복한 마물들은 더 있습니다. 지금 옵니다!"

성준이 경고하기 무섭게 암흑 살수들이 어둠 속에서 모습을 드러냈다.

은주가 대열에 합류하려고 했지만 대기하고 있던 마물 무리가 전진하기 시작했다. 그녀는 그들을 상대할 수밖에 없었다. 성준이 재차 경고한 덕분에 헌터들은 암흑 살수들에게 대항할 수 있었다.

"블레싱!"

영미는 마력을 소모해 헌터들에게 버프를 부여했다.

'온다.'

성준은 자신과 영미에게 향하는 살기 어린 기척을 감지할 수 있었다. 고도로 절제된 살기였다. 감지하는 게 쉽지는 않았다.

"하앗!"

성준은 영미를 향해 몸을 던졌다. 그가 들어 올린 검에서 푸른 오러가 빛났다. 그녀의 앞에 모습을 드러낸 칠흑의 삿갓을 쓴 정령의 형체는 검은 오러가 깃든 소검을 들어 올렸다.

'무, 무영 살객!'

성준은 눈앞에 나타난 마물의 정체를 단번에 알아보았다.

그는 S급 마물 중에서도 상위 개체인 '무영 살객'이었다. 무영 살객은 암살에 특화된 마물로 동급의 헌터들도 기척을 읽을 수 없을 정도로 은밀하게 움직이는 것으로 유명했다.

실제로 은주는 무영 살객의 기척을 읽지 못했다. 성준도 간신히 미약한 기척과 살기를 감지했을 뿐이었다.

"뒤로!"

다행히 성준은 늦지 않았다. 영미의 앞을 막아선 그는 검을 휘두르며 경고했다. 급한 마음에 반말이 튀어나왔으나 그녀는 개의치 않았다. 성준이 무영 살객의 앞을 막아서는 동안 영미는 몇 걸음 뒤로 물러났다.

"히, 힐러님……!"

영미는 자신의 앞을 막아선 성준이 죽을 것이라 생각했다. 그는 비전투 계열인 회복계였고 상대는 S급 마물 중에서도 상위 개체였기 때문이었다.

하지만 상황은 그녀의 예상과는 다르게 흘러갔다. 마력 파편이 사방에 튈 정도로 치열한 접전이 벌어지고 있었다.

'빠르다!'

성준은 피가 날 정도로 입술을 깨물었다. 검술 실력은 성준이 우위를 점하고 있었지만 특이한 보법을 사용하는 무영 살객의 검술이 성준보다 더 빨랐다.

영미의 블레싱 효과까지 받고 있었지만 좀처럼 무영 살객의 검을 따라잡기 힘들었다. 실전 경험으로 그의 사전 동작을 통해 예측하지 못했다면 성준은 벌써 쓰러졌을 것이다.

'버프가 중첩만 되었어도!'

성준은 한탄했지만 같은 종류의 버프는 중첩할 수 없었다.

"큭!"

짧은 순간, 무영 살객이 내찌른 소검이 성준의 왼쪽 어깨를 스쳤다. 목을 노린 일격이었지만 성준이 몸을 돌려 피한 탓에 어깨에 상처를 입는 것으로 그쳤다.

'이대로는 안 돼.'

무영 살객이 펼치는 쾌검은 성준조차도 반응하기 힘들었다. 이대로 가다가는 치명상을 면치 못할 것으로 판단한 성준은 '속임수'를 이용한 도박을 결심했다.

성준은 일부러 빈틈을 보였고, 무영 살객은 그에게 반격의 여지가 없다는 걸 확인하기 무섭게 소검을 휘둘렀다.

"크윽!"

상체에 깊은 상처가 생겼다. 성준은 짧은 신음을 흘리며 힘없이 쓰러졌다. 무영 살객은 승기를 잡았다고 확신하고 마무리를 위해 소검을 고쳐 쥐었다.

하지만 모든 것은 성준이 의도한 것이었다.

힘없이 쓰러지는 듯했던 그의 몸이 멈추더니 낮은 자세에서 섬광 베기가 시전되었다. 치명상을 입히지는 못했지만 하체에 부상을 입은 무영 살객은 당황한 나머지 뒤로 물러나고 말았다.

"힐!"

성준은 그 틈을 놓치지 않고 힐을 사용해 부상을 어느 정도 치유했다. 반드시 부상을 동반하기 때문에 힐을 사용할 수 없었다면 불가능한 계획이었다.

부상의 치유가 시작되기 무섭게 성준은 단검을 던져 무영 살객의 시야를 교란했다.

"슬래시!"

동시에 오러 참격을 날려 시선을 추가로 교란하면서 고속 이동술을 펼쳐 거리를 좁혔다. 반면에 하체에 부상을 입은 무영 살객은 특유의 보법을 펼치지 못했다. 결국 무영 살객의 왼팔이 잘렸다.

성준은 신속하게 검을 회수한 다음 연격을 펼쳤다. 무영 살객은 왼팔이 잘리면서 자세가 무너진 탓에 성준의 연격을 완전하게 막아내지 못했다. 검에 실린 힘을 버티지 못하고 뒤로 한 걸음 물러나며 비틀거린 것이었다.

성준은 그 틈을 놓치지 않았다.

"하앗!"

빠르게 앞으로 나아가며 내찌른 검은 무영 살객의 가슴을 꿰뚫었다. 무영 살객은 검은 연기를 쏟아내며 쓰러졌다.

"S급 마물을 쓰러뜨렸다고? 힐러가?"

"A급 전투계 헌터라도 힘든 일인데……."

전투 중이었지만 성준의 주변에 있던 헌터들은 그가 S급 마물인 '무영 살객'을 쓰러뜨리는 모습을 똑똑히 보았다.

"흡수."

성준은 마력을 흡수하는 것을 잊지 않았다. S급 마물이라 그런지 많은 양의 체력과 마력이 회복되었다.

-21%입니다.

리슈발트가 보고했다. 동조율이 1% 올랐다.

"여기 힐 좀!"

"힐러님!"

무영 살객과의 치열했던 혈투가 끝나자 여기저기서 부상을 입고 성준을 찾는 목소리가 들려왔다.

"힐!"

성준은 왼손을 들어 올려 힐을 시전했다. 제국군 전투 사제복 덕분에 치유 효과가 증폭된 힐은 헌터들을 빠르게 회복시켰다.

회복된 헌터들은 다시 전투에 합류했다.

성준도 대열을 뚫고 침입해 보조계 헌터인 영미와 자신을 노리는 암흑 살수들의 목을 베었다.

'최은주는 잘하고 있군.'

부상자들을 치유하던 성준의 시선이 우연히 앞으로 향했

다. 은주는 20마리가 넘는 A급 마물들을 홀로 상대하면서 조금도 밀리는 모습을 보이지 않았으며, 한 마리도 통과시키지 않았다. 그녀의 노력 덕분에 마물 무리가 서로 합류할 수 없었고 파티의 피해가 줄어들게 되었다.

은주가 휘두른 대검이 마지막 남은 질풍 기사를 반 토막 내면서 전투의 종료를 고했다.

"피해는요?"

그녀는 파티의 피해를 확인하기 위해 물었다. 성준의 옆에서 부상자를 살피고 있던 헌터가 입을 열었다.

"철수와 민석이가 죽었어요. 부상은 4명이었지만 2명은 강성준 씨가 완전히 회복시켰습니다. 나머지 2명은 중상이라서 간신히 목숨은 건졌지만 1시간 정도는 있어야 어느 정도 회복할 것 같습니다. 그리고 조사원 두 분이 죽었습니다."

헌터의 보고에 은주는 침음을 삼켰다. 마법계 헌터를 잃었다는 것은 뼈아픈 손실이었다.

하지만 그녀는 굳은 표정을 빠르게 수습했다.

"알겠어요. 부상자들도 회복이 필요하니까 여기서 잠시 쉬었다 가죠."

"얼마나 휴식하면 되겠습니까?"

"1시간 정도요."

"알겠습니다. 1시간만 쉬겠습니다!"

휴식을 선언하는 외침에 다른 헌터들도 조명등 하나를 두고 모여 앉아 전투의 피로를 녹여냈다.

"경계는 제가 하겠습니다."

성준은 먼저 일어나서 경계 위치로 자리를 옮겼다. 부상자들은 이미 침투한 마력이 자연 치유를 진행하고 있었기 때문에 성준이 붙어 있을 필요가 없었다.

조금 전의 전투에서 성준의 검술 실력을 본 헌터들은 그를 믿고 경계를 맡겼다. 하지만 은주는 마음이 편치 않은지 성준에게 다가가 캔 커피를 따서 건네며 입을 열었다.

"피곤하지 않으세요? 시원한 거라도 마셔요."

성준은 대답 대신 미소를 지으며 캔 커피를 받아 들었다. 그리고 한 모금 마셨다. 마력 흡수 덕분에 지쳐 있지는 않았지만 카페인이 정신을 적당히 각성시켜 주는 것 같은 기분이었다.

"시원하네요."

"고마워요."

전방을 주시하고 있던 성준의 시선이 은주에게 향했다.

"매복을 경고해 준 덕분에 피해가 많이 줄었어요."

은주의 목소리에서 진심이 느껴졌다.

성준이 경고하지 않았다면 무영 살객과 암흑 살수들의 매복 공격에 조금 더 많은 피해가 발생했을 것이다. 그나마 성준이 경고를 한 탓에 헌터들이 경각심을 가지고 있어서 피해가

이 정도였다.

"고마우면 비싼 데서 저녁이라도 사주세요."

성준이 말했다.

던전에서의 일을 빌미로 금전적인 보상을 요구하는 것은 악용될 우려가 있기 때문에 관리국에서 엄격하게 규제하고 있었다.

"식사뿐이겠어요? 혹시라도 A급 던전을 공략하고 싶으면 저한테 연락하세요. 일정만 맞으면 같이 가요."

정규 공략팀이 소속 구성원이 아닌 타인과 함께 던전을 공략하는 건 드문 일이었다. 이 정도면 정규 공략팀의 팀장으로서 해줄 수 있는 최고의 호의였다.

"괜찮겠습니까?"

성준의 물음에 은주는 눈웃음과 함께 입을 열었다.

"다들 반대하지 않을 거예요."

1시간이라는 짧게 느껴지는 휴식이 끝날 때까지 은주는 성준의 옆을 지켰다.

"다시 진행할게요."

부상자들의 회복이 끝나고 파티는 다시 전진했다. 30마리 이상의 마물들로 구성된 무리와 두 차례 마주쳤지만 무리 없이 격파할 수 있었다.

'침식 던전'이라는 이름이 붙은 이 던전은 매우 넓었고, 한참을 걸었지만 보스방이 나오지 않았다.

은주가 파티원들을 잘 다독인 덕분에 불평이 흘러나오지는 않았다.

"식사하고 이동하겠습니다."

은주의 지시를 전달받은 헌터가 식사 시간을 알렸다.

C급부터는 던전의 넓이가 커지기 때문에 안에서 식사를 해결하는 경우가 많았다. 그래서 헌터들은 메고 다니는 가방에 식사를 간단하게 해결할 수 있는 식량을 휴대하고 다니는 경우가 많았다.

"강성준 씨."

현성이 조심스럽게 다가왔다.

"무슨 일이시죠?"

"매복에 당했을 때, 강성준 씨를 습격했던 마물이 무영 살객이 맞습니까?"

현성은 조금 전까지 데이터를 기록하느라 질문하지 못했던 내용을 확인차 물었다.

성준은 대답 대신 고개를 끄덕였다.

"그렇군요. 감사합니다."

그는 수첩에 뭔가를 바쁘게 기록했다. 동행한 조사원 2명이 목숨을 잃는 바람에 그가 해야 할 일이 많아졌다.

"상황이 많이 심각합니까?"

"아뇨, 아직까지는 괜찮습니다."

성준의 물음에 현성은 희미한 미소를 그린 채 대답했다. 거짓말을 하는 것 같지는 않았다.

성준은 고개를 끄덕였다.

혼자가 아니기 때문에 위험한 순간이 찾아오면 동조율을 극한까지 끌어올려 대응할 생각이었다.

"잠깐만요."

앞에서 파티를 선도하던 은주가 갑자기 발걸음을 멈췄다.

"뭔가 있는 것 같지 않아요?"

그녀는 성준이 있는 곳까지 달려와 그에게 의견을 물었다. 성준은 검자루에 손을 가져간 채 그녀와 함께 앞으로 향했다. 드론이 앞으로 날아가서 어둠을 밝히자 희미한 뭔가가 눈에 띄었다.

작은 산처럼 쌓여 있는 그것들은······.

To Be Continued

맛깔 현대 판타지 장편소설
WISHBOOKS MODERN FANTASY STORY

책 먹는 배우님

"재희야, 너는 왜 대본을 항상 두 권씩 챙기냐?"

하나는 촬영장에 들고 다니며 남들에게 보여주는 용도,
또 다른 하나는

[드라마 〈청춘열차〉가 흡수 가능합니다.]
[대본을 흡수하시겠습니까?]

내가 먹을 용도로 쓰인다.
나는 대본을 집어삼켜, 오로지 내 것으로 만든다.

책 먹는 배우님

대본을 101% 흡수할 수 있는 배우,
재희의 이야기.

Wish
Books
OTHER VOICES
악마의
음악
WISHBOOKS MODERN FANTASY STORY
경우勁雨 현대 판타지 장편소설
[악마의 목소리가 담긴 음악으로
세상에 행복을 줄 수 있을까?]
지미 헨드릭스부터 라흐마니노프까지
꿈속에서 만나는 역사적 뮤지션!
노래를 사랑하는 소년에게 나타난 악마.
그런 소년에게 내려진 악마들의 축복.
악마의 음악
수많은 악마의 축복 속에서
세상을 향한 소년의 노래가 시작된다.

마운드 위의 절대자

디다트 현대 판타지 장편소설
WISHBOOKS MODERN FANTASY STORY

야구선수를 꿈꾸는 이들에게는
크게 세 가지 고비가 온다고 한다.

재능, 부상, 그리고 돈.

고등학교 2학년 때까지 야구선수를 꿈꾸었던,
그리고 그것이 자신의 인생의 전부였던 이진용.

세 가지 고비의 벽 앞에서 야구선수를 포기하고
현실에 순응하고 살아가던 진용의 앞에.

[베이스볼 매니저를 시작합니다.]
- 너 내가 보이냐?

다른 사람의 눈에는 보이지 않는
특별한 것이 보이기 시작했다.

Wish Books

la vie d´or

고광(高光) 현대 판타지 장편소설
WISHBOOKS MODERN FANTASY STORY

천재 과학자 고요한,
인생의 역작 타임머신을 개발해 냈다!

이미 늙을 대로 늙어버린 이 몸은 버리고
과거의 자신에게 모든 데이터를 보낸다.

"나의 전성기는 더욱 찬란해질 것이다!"

그런데 레버를 당기는 순간……!
-데이터 전송지: 1987년 8월 5일 김대남(金大男) 18세.

"안, 안 돼……! 내가 아니잖아!"

la vie d'or : 황금빛 인생